I0602722

HIMALAYA-HORROR

MISS DOLITTLES GEHEIMNIS
BAND 8

MOLLY FITZ

KATZENGEHEIMNISSE

© 2022, Molly Fitz

Abgesehen von den im U.S. Copyright Act von 1976 vorgesehenen Ausnahmen darf diese Publikation weder als Ganzes noch in Auszügen in irgendeiner Form oder auf irgendeine Weise ohne vorherige, schriftliche Genehmigung des Herausgebers reproduziert, verteilt, übertragen oder in einer Datenbank oder einem Abfragesysteme gespeichert werden.

Übersetzung ins Deutsche: Ursula Mirwald
Korrektorat Deutsch: Gerd Schäfer
Cover-Designer: Lou Harper, Cover Affairs

PO Box 873543
Wasilla, AK 99687

Dieses Buch ist ein fiktives Werk. Namen, Personen, Organisationen, Orte, Ereignisse und Begebenheiten entstammen der Fantasie des Autors oder werden fiktiv verwendet. Jede Ähnlichkeit mit tatsächlichen lebenden oder verstorbenen Personen oder tatsächlichen Ereignissen ist rein zufällig.

Dieses Werkes darf ohne schriftliche Genehmigung des Herausgebers weder als Ganzes noch in Auszügen in irgendeiner Form oder mit irgendwelchen Mitteln, sei es elektronisch, mechanisch, durch Fotokopie, Aufzeichnung oder auf andere Weise, reproduziert oder in einem Datenbanksystem gespeichert werden.

Katzengeheimnisse
PO Box 873403
Wasilla, AK 99687

Bitte kaufen Sie nur autorisierte elektronische Exemplare und beteiligen Sie sich nicht an oder fördern Sie nicht die elektronische Piraterie urheberrechtlich geschützter Materialien

ÜBER DIESES BUCH

Meine ganze Welt scheint kopfzustehen, seitdem ich und meine Spürnasenhelfer herausgefunden haben, dass Großmutter ein bedeutsames Familiengeheimnis lange Zeit hübsch auf dem Dachboden versteckt hat.

Schlimmer noch, wir wissen bisher nicht genau, was damals wirklich passiert ist, und für mich gibt es noch so viele offene Fragen. Ist Grandma überhaupt noch diejenige, für die ich sie immer gehalten habe? Und kann ich ihr jemals wieder voll vertrauen?

Da sie mir keine konkreten Antworten gibt, fahre ich jetzt mit dem Zug quer durchs ganze Land, zusammen mit meinen Eltern, um endlich die Wahrheit ans Licht zu bringen. Auch Octocat ist mit von

der Partie – zum Glück, denn kaum sind wir unterwegs, treffen wir auch schon auf eine Leiche im Speisewagen.

Jetzt haben wir zwei Rätsel zu lösen und zwar
schnell – unsere Leben hängen davon ab.

ANMERKUNG DER AUTORIN

Hallo. Danke, dass du dieses Buch gekauft hast. Wenn du ebenfalls ein großer Fan von spannenden, schrägen Tierkrimis bist, sollten wir unbedingt Freunde werden.

Wie wäre es, wenn du direkt einmal meine Facebook-Seite besuchst, die ich speziell für meine treuen deutschen Leser eingerichtet habe? Hier der Link dazu: **Facebook.com/Katzengeheimnisse**

Oder melde dich für meinen Newsletter an und sichere dir als Abonnent gratis ein digitales Geschenkpaket, einschließlich einer exklusiven Kurzgeschichte über Octocat: **Katzengeheimnisse.com/Abonnieren**

Ich bin sicher, wir werden eine Menge

Spaß miteinander haben. Also schnell umblättern ...

Wir sehen uns dann auf der nächsten Seite.

MOLLY

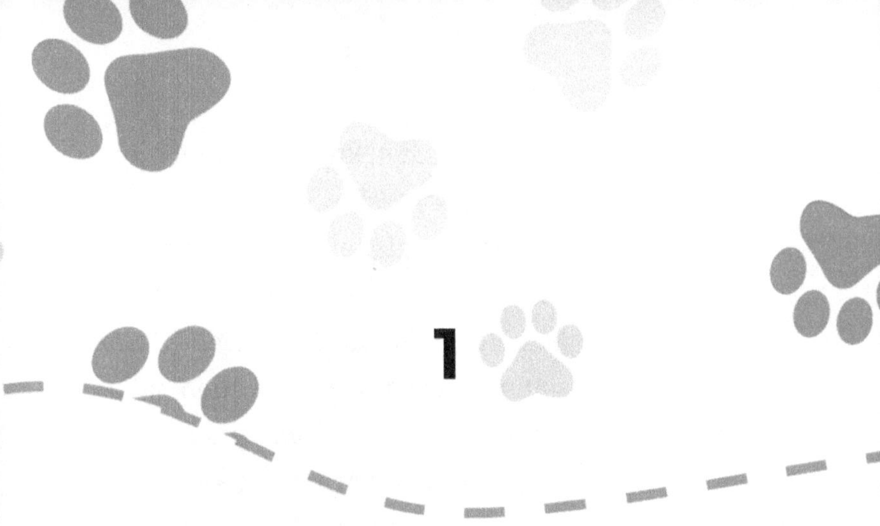

1

ein Name ist Angie Russo, und in letzter Zeit hat mein Leben eine dramatische Wendung nach der anderen genommen. Ernsthaft, ich weiß gar nicht, wo ich anfangen soll.

Der Dreh- und Angelpunkt von alledem ist tatsächlich mein Kater.

Das klingt langweilig? Mitnichten!

Meine Fellnase kann nämlich sprechen. Zwar nur mit mir, aber immerhin.

Wir haben uns in der Anwaltskanzlei kennengelernt, in der ich früher als Assistentin gearbeitet habe. Zugegeben, diesen Job habe ich nie wirklich geliebt, aber ich konnte mich damit gut über Wasser halten, also bin ich geblieben, auch wenn man mich eher wie eine bessere Sekretärin behandelt hat und nicht wie eine clevere Privatdetektivin. Denn die bin ich, und ich habe hart dafür geschuftet.

Damals stand in der Kanzlei eines Morgens eine Testamentseröffnung an, und ich wurde beordert, Kaffee für alle Beteiligten zu kochen. Leider war unsere Kaffeemaschine ungefähr eine Million Jahre alt und selbst dann unberechenbar, wenn sie einen guten Tag hatte. An jenem Tag war sie mit Sicherheit extrem mies drauf. Eigentlich hatte ich nur den ollen Kaffee zubereiten und dann wieder an die Arbeit gehen wollen, doch bevor ich mich versah, versetzte sie mir einen mächtigen Stromschlag und ich sank bewusstlos zu Boden.

Und als ich nach dem Elektroschock wieder zu mir kam, saß ein getigerter Kater auf meiner Brust, der gemeine Witze riss uns sich auf meine Kosten amüsierte. Nachdem ich endlich gecheckt hatte, dass er es war, der da sprach, und er merkte, dass ich verstand, was er sagte, beauftragte er mich, ihm bei der Aufklärung des Mordes an seiner verstorbenen Besitzerin zu helfen.

So wurden Octavius Maxwell Ricardo Edmund Frederick Freiherr von Fulton-Russo und ich ein Team. Seinen unaussprechlichen Vornamen verkürzte ich zu Octocat und nach einiger Zeit wurde ich seine offizielle Besitzerin – obwohl er sicher behaupten würde, dass er mich besitzt und nicht umgekehrt. Nun ja ... irgendwie stimmt das auch.

Er trat also mit einem Mordfall in mein Leben und dann mit einem üppigen Treuhandfonds und einer noch üppigeren Liste von Forderungen. Jetzt hausen wir zusammen in der vornehmen Villa, die früher seiner verstorbenen Besitzerin gehörte, trinken gekühltes Evian aus feinen Porzellantassen und betreiben die beste und einzige Privatdetektei der Gegend.

Zwischenzeitlich gab es einen kurzen Aufruhr, weil ein Waschbär namens Pringle uns mit seiner eigenen Ermittlungsfirma Konkurrenz machen wollte, aber das haben wir inzwischen geklärt. Tatsächlich konnte ich anfänglich nur mit Octocat sprechen, doch mittlerweile kann ich auch mit anderen Tieren kommunizieren.

Zu den Hauptfiguren, die sich regelmäßig in meinem Leben tummeln, gehören ein ewig optimistischer Chihuahua namens Paisley, der berüchtigte Waschbär – nun auch bekannt als der Master Secret Keeper unserer Firma –, ein zerstreutes, von Nüssen besessenes Eichhörnchen namens Maple und meine verrückte Großmutter, genannt „Grandma", mit der ich zusammenwohne.

Ehrlich gesagt, ich wünschte, wir hätten auch einen gefiederten Freund mit im Bunde, aber die

Waldvögel hier sind komischerweise alle zu ängstlich, um mit mir oder Octocat zu sprechen.

Und trotz unserer vielfältigen Fähigkeiten läuft unsere Privatdetektei nicht gerade super. Wir hatten bisher nur einen Fall, und für den wurden wir nicht einmal bezahlt. Doch ich weiß, dass wir es irgendwann schaffen werden, wenn wir nur dranbleiben und weiter an uns glauben ...

Stimmt's?

Zumindest behauptet das Paisley.

Davon abgesehen gibt es eine Sache in meinem Leben, die uns trotz fehlender Aufträge in letzter Zeit ganz schön auf Trab gehalten hat. Ich habe nämlich entdeckt, dass ich noch eine andere, große Familie in Larkhaven in Georgia habe, von deren Existenz ich bis vor ein paar Wochen überhaupt nichts wusste. Mehr noch, sie haben meine Mom, meinen Dad und mich zu einem ausgiebigen Besuch eingeladen, damit wir uns alle kennen lernen können.

Octocat hat darauf bestanden mitzukommen. Und da er lange Autofahrten hasst und sich weigert, in ein Flugzeug zu steigen, werden wir deshalb mit dem Zug fahren. Yeah.

Sicher, kostengünstiger ist es schon, aber es wird länger als einen Tag dauern, um dorthin zu gelangen. Aber den Tiger zurücklassen? Nein, kommt nicht infrage, schließlich habe ich es ihm maßgeblich zu verdanken, dass ich dem verborgenen Zweig unserer Familie auf die Spur gekommen bin.

Ja, Grandma hatte diese Familie mein ganzes Leben lang vor uns geheim gehalten, auch vor meiner Mutter. Aber jetzt, wo wir sie gefunden haben, können wir es kaum erwarten, sie persönlich kennenzulernen. Grandma will nicht mitkommen, obwohl Mom und ich ihr versichert haben, dass wir sie gerne dabei hätten. Sie fühlt sich immer noch schuldig wegen der ganzen Geschichte.

Vielleicht können wir sie beim nächsten Besuch überreden, uns zu begleiten. Ich hoffe es, denn trotz der Tatsache, dass sie mir die Wahrheit so lange verheimlicht hat, ist sie immer noch meine beste Freundin und mein allerliebster Mensch auf der ganzen weiten Welt.

Deshalb fällt es mir so schwer, mich jetzt von ihr zu verabschieden …

„Versprich mir, dass du jeden Tag anrufst", jammerte ich und drückte meine Großmutter so feste, dass sie wahrscheinlich kaum noch Luft bekam.

„Mami, ich werde dich auch vermissen!" Paisley, Grandmas dreifarbige Chihuahua-Hündin und ein Fliegengewicht von etwa zweieinhalb Kilo, heulte und tänzelte an ihrer neonpinken Leine auf dem Bahnsteig herum.

Ich nahm sie auf den Arm und drückte ihr mehrere Schmatzer auf ihr süßes kleines Gesicht. „Ich werde dich auch vermissen", säuselte ich mit meiner zuckersüßen, leicht abgedrehten Tiermama-stimme. Wenn ich in der Öffentlichkeit so mit meinen Vierbeinern sprach, hielten mich die Leute zwar für seltsam, aber meine geheime Fähigkeit konnte ich damit gut vertuschen. „Mami kommt in sechzehn Tagen zurück. Du kannst doch sechzehn Tage warten, oder?"

„Ich weiß nicht, wie man zählt", erwiderte Paisley mit einem fröhlichen Bellen.

Ich übergab sie Grandma und nahm meiner Mutter die Transportkiste mit Octocat ab, damit auch sie sich verabschieden konnte.

Mein Kater knurrte empört, weil die Kiste leicht schaukelte. „Hey, hier ist eine empfindliche Fracht drin!"

Mom und Grandma verabschiedeten sich kurz, und dann setzte ich Octocat ab, um sie erneut zu umarmen. Es klingt vielleicht komisch, aber ehrlich gesagt, so lange war ich noch nie von meiner Groß-mutter getrennt gewesen. Ich war in ihrem Haus aufgewachsen und hatte sogar die meiste Zeit meines

Erwachsenenlebens bei ihr gelebt – und jetzt wohnte sie bei mir.

Scharen von Fahrgästen mit großen Rollkoffern im Schlepptau liefen links und rechts an uns vorbei, und ich musste einen Schritt zurücktreten, um nicht von einer Frau angerempelt zu werden, die offensichtlich sehr in ein Telefongespräch vertieft war.

„Schau mal", flüsterte ich Octocat zu. „Sie hat auch eine Katzentransportbox."

Tatsächlich. Nur ihre war deutlich ausgefallener, mit reichlich Flitter an der Außenseite, vermutlich sogar mit echten Diamanten oder zumindest Swarovski-Kristallen.

„Angeber", murmelte mein Kater, auch wenn ich mir ziemlich sicher war, dass er nur zu gerne eine solch aufgemotzte Katzenbox sein Eigen genannt hätte, obwohl er natürlich niemals freiwillig, sondern nur mit einem Riesenspektakel hineingehen würde.

„Es überrascht mich, dass hier so viele Leute unterwegs sind", sagte mein Vater und schaute sich unbehaglich um. „Ich wusste gar nicht, dass überhaupt noch jemand Zug fährt, wo es doch so viele andere Möglichkeiten gibt."

„Ich finde es romantisch", schwärmte meine Mutter, die sich an ihn lehnte und ihm dabei vermutlich an den Hintern griff. Das Geturtel der beiden, selbst nach dreißig Jahren Ehe, trieb mich mitunter in den Wahnsinn; teilweise benahmen sie sich wirklich wie Teenies.

„Ich fühle mich, als würde ich gleich zum allerersten Mal das Gleis 9 ¾ in King's Cross stürmen", sagte ich mit einem Schnauben und kicherte.

„Wann warst du in King's Cross?", fragte mein Vater mit gerunzelter Stirn.

Ach, du meine Güte. Manchmal hatte man es nicht leicht, der einzige begeisterte Leser in der Familie zu sein. Hatten meine Eltern selbst die Filme noch nie gesehen?

„Nicht dein Ernst, oder?", rief ich. „Okay, wir werden etwa dreißig Stunden in diesem Zug verbringen. Mehr als genug Zeit für einen Harry-Potter-Filmmarathon, und wenn wir wieder zu Hause sind, leihe ich euch meine Büchersammlung, damit ihr euch das Ganze auch noch einmal in allen Details zu Gemüte führen könnt."

„Hausaufgaben?", jammerte Mom.

„Dann müssen wir wohl nachsitzen", witzelte Dad.

Und dann küssten sie sich so lange und heftig, dass der Fuß meiner Mutter hochschnellte, als wäre sie eine Märchenprinzessin, die ihren ersten innigen Kuss bekommt. Nur dass dies mindestens der sechsmillionste innige Kuss war.

Das konnte ja heiter werden.

„Der Schaffner winkt euch zu, ihr sollt einsteigen“, sagte Grandma und deutete auf einen Uniformierten vor unserem Zugwagen. „Beeilt euch besser.“

„Bist du bereit?“, fragte ich Octocat.

„Hol mich einfach aus diesem Ding raus“, murrte er, als wäre diese Bahnreise nicht seine Idee gewesen.

„Entspann dich“, raunte ich ihm zu, während wir uns zur Einstiegsstufe begaben. „In zwei Minuten bist du da raus, und dann läuft sicher alles wie geschmiert. Was kann in einem Zug schon Schlimmes passieren?“

Ich hätte es wirklich besser wissen müssen.

2

Nachdem wir Grandma ein letztes Mal umarmt hatten, stiegen wir ein, mit Octocat in seinem „Reisegefängnis", wie er es nannte. Im hinteren Teil des Wagens entdeckte ich vier freie Plätze, von denen sich jeweils zwei gegenüberlagen. Ich platzierte die Transportbox meines Vierbeiners auf dem Gangplatz und ließ mich am Fenster nieder.

Grandma stand immer noch genau dort, wo wir sie auf dem Bahnsteig zurückgelassen hatten, winkte heftig und hüpfte auf und ab. „Bon voyage, Liebes!"

Ich lachte und hauchte ihr einen Luftkuss zu.

„Du bist genauso peinlich wie sie", murmelte meine Mutter und rutschte auf ihrem Sitz an meinem Vater heran, sodass zwischen ihnen kein Millimeter

Platz war. „Kein Wunder, dass ihr so ein eingeschworenes Team seid."

Darauf erwiderte ich nichts, obwohl sie und Dad deutlich peinlicher waren, als Grandma und ich es je sein würden. Dass meine Großmutter und ich uns so nahestanden, war schon immer ein wunder Punkt meiner Mutter gewesen, und ich wusste, dass sie sich irgendwie ausgeschlossen fühlte. Das war sogar noch schlimmer geworden, nachdem wir vor Kurzem herausgefunden hatten, dass Grandma nicht ihre leibliche Mutter war und sie de facto bewusst von dieser ferngehalten hatte, auf Wunsch des Mannes, den beide Frauen einst geliebt hatten.

Ja, wir waren noch dabei, das zu entwirren ...

Deshalb hatten wir uns auf dem Weg nach Georgia gemacht. Die Familie meines Großvaters lebte dort immer noch in der Stadt Larkhaven und hatte uns zu einem kleinen Familientreffen eingeladen. Wir hatten jedoch noch keine Ahnung, wo meine leibliche Großmutter abgeblieben war oder ob sie überhaupt noch lebte. Aber eins nach dem anderen.

Mein Vater flüsterte Mom etwas ins Ohr, und sie kicherte.

„Ich glaube, mir kommt gleich was hoch", stöhnte Octocat neben mir, und genau das dachte ich in dem Moment auch.

Weitere Fahrgäste strömten in den Zug, und wir wurden in ein dumpfes, beruhigendes Gemurmel eingehüllt. Vielleicht würde es doch nicht so schlimm werden. Ich beobachtete eine Mutter mit zwei kleinen Kindern, die es sich weiter vorne bequem machten, dann ein älteres Ehepaar, das sich unweit von uns niederließ. Offenbar zogen alle möglichen Leute eine Zugreise dem Flugzeug vor.

Wer hätte gedacht, dass der Schienenverkehr auch im einundzwanzigsten Jahrhundert noch immer eine große Rolle spielen würde? Ich jedenfalls nicht.

Ein Mann, der einen altmodischen Filzhut und eine Weste sowie einen Pullover mit Rautenmuster trug, ließ sich auf einen Sitz auf der uns gegenüberliegenden Seite des Ganges fallen und holte sofort eine klapprige Schreibmaschine hervor. Mit geschickten Bewegungen flogen seine Finger sogleich über die Tasten, und Wort um Wort erschien auf dem Papier, das oben aus dem altmodischen Gerät herausragte.

Eine Schreibmaschine in einem Zug. Zwei Anachronismen in einem.

Mit dem Filzhut waren es sogar drei.

Plötzlich hörte der Mann auf zu tippen, schob seine Brille hoch und drehte sich zu mir um. „Was ist ein gutes Wort für verdächtig? Nur etwas subtiler?"

Er musterte mich eindringlich, und schien einen genialen Vorschlag von mir zu erwarten.

„Ähm, seltsam? Eigenartig?" So ähnlich wie du.

Er rieb sich das Kinn. „Hmm, ich bin mir nicht sicher, ob das passt. Mal sehen, vielleicht werde ich im zweiten Entwurf darauf zurückkommen."

„Im zweiten Entwurf? Schreiben Sie einen Roman?"

Das fand ich schon irgendwie cool. Großmutter hatte immer davon gesprochen, eines Tages ein Buch zu schreiben, und war damit in den letzten Monaten tatsächlich vorangekommen. Allerdings handelte es sich dabei um ihre Memoiren und nicht um ein fiktives Werk. Daher hatte ich mich schon öfters gefragt, ob sie vorhatte, die wahre Geschichte über meinen Großvater und meine leibliche Großmutter niederzuschreiben.

„O ja", erwiderte der Mann mit einem breiten Lächeln. „Nicht irgendeinen Roman, sondern *den* nächsten großen amerikanischen Bestseller. Es geht darin um ..."

„Angela!", keuchte Octocat panisch aus dem Inneren seiner Transportbox. „Nichts wie weg hier! Sofort weg, sonst müssen wir uns die ganze Reise lang den literarischen Größenwahn dieses Kerls anhören."

„Das klingt wunderbar", sagte ich zu dem Möchtegern-Schriftsteller. „Leider muss meine Katze jetzt gefüttert werden."

Um dem Nachdruck zu verleihen, jaulte die Katze jämmerlich.

Eigentlich hätte ich mich gerne mal mit einem echten Schriftsteller unterhalten, aber die Tatsache, dass dieser Typ sein unfertiges Manuskript als den nächsten großen amerikanischen Bestseller bezeichnete, erschien mir sehr suspekt. So ein Wichtigtuer. Er hielt sich wohl für einen begnadeten Autor. Ehre, wem Ehre gebührt, war zwar schon immer mein Reden gewesen, aber auch, dass Eigenlob stinkt.

„Ich komme gleich wieder, okay?", wimmelte ich ihn mit einem freundlichen Lächeln ab. Ich wollte mich nicht über seine Träume lustig machen, zumal mein Traum, eine Vollzeit-Detektivin mit meinem sprechenden Kater als Co-Ermittler zu werden, genauso verrückt war.

„Und lauf!", rief Octocat ungeduldig.

Es erschien mir jedoch nicht angebracht, vor dem armen Kerl wegzulaufen. Zumindest nicht buchstäblich.

Als wir uns durch den Gang zum nächsten Wagen begaben, steckte ich mir einen Bluetooth-Kopfhörer ins Ohr. Das Ding funktionierte zwar schon seit Jahren nicht mehr, aber es hatte sich als ein geschicktes Ablenkungsmanöver erwiesen, wenn ich an einem öffentlichen Ort mit Octocat sprechen wollte.

„Und, wie findest du es?", fragte ich ihn, während der Zug losruckelte. Ich konnte mich gerade noch rechtzeitig mit der Hand an der Wand abstützen, um nicht nach vorne zu stolpern.

„Bisher ziemlich unangenehm", beschwerte er sich mit einem leisen Knurren. „Kannst du mich jetzt bitte aus diesem Ding befreien?"

„Ich lasse dich raus, sobald wir uns irgendwo hingesetzt haben", versprach ich und hielt kurz inne, um aus dem Fenster zu schauen. Wir rollten gerade aus dem Bahnhof, und Grandma stand nach wie vor auf dem Bahnsteig und winkte wie verrückt, aber schon bald wurde sie kleiner und kleiner, bis sie nur noch ein Pünktchen am Horizont war.

Mein Tiger seufzte und zappelte in seiner Kiste hin und her. „Ich weiß, es war nur eine Ausrede, um von Mister Bestseller wegzukommen, aber ich könnte wirklich eine Mahlzeit oder zumindest einen Schluck Evian gebrauchen."

„Gut, dann auf in den Speisewagen." Ich presste seine Transportbox fest an mich, während ich in den nächsten Wagen überwechselte.

Ich hoffte, der Schaffner würde meine Eltern nicht anmeckern, weil ich schon aufgestanden war und nicht wusste, ob ich das durfte. Mein Wissen über Zugreisen stammte größtenteils aus alten Büchern und Filmen. In unserem modernen digitalen Zeitalter schienen die Dinge jedoch ein wenig anders zu laufen.

Glücklicherweise mussten wir nur drei weitere Wagen passieren, bevor wir unser Ziel erreichten. Ich fand es gut zu wissen, dass wir nicht weit laufen mussten, falls uns der Hunger überkam, denn uns stand eine lange Reise bevor.

„Ich schicke Mom und Dad besser mal eine Nachricht, damit sie wissen, wo wir hin sind." Dann öffnete ich das vergitterte Türchen der Box, und Octocat sprang auf den Tisch und zuckte heftig mit dem Schwanz.

„Dir ist schon klar, dass das in Katzenjahren beinahe eine Höchststrafe war, oder?" Er schauderte, ließ sich auf die Seite fallen und begann in aller Öffentlichkeit mit seiner Intimpflege – und das auch noch auf einem Esstisch. Zumindest hatte ich mich an seine ungehobelten Manieren längst gewöhnt.

Kopfschüttelnd schickte ich eine kurze Nachricht an meine Mutter und fragte sie, ob ich ihnen einen Snack mitbringen könne. Kaum hatte ich diese abgeschickt, informierte mich mein Handy, dass mein Akku fast leer sei. Nur noch zwanzig Prozent Restladung. Mist, wie hatte ich bloß so wichtige Dinge wie ein voll aufgeladenes Handy bei meinen Reisevorbereitungen vergessen können?

Als ich mich jedoch im Speisewagen umsah, stellte ich erleichtert fest, dass jeder einzelne Tisch über eine Steckdose verfügte. Also würde ich bloß das Ladegerät aus dem chaotischen Inneren meines Koffers hervorkramen müssen, dann wäre das Problem gelöst.

„Ich werde nachsehen, ob sie Evian haben", sagte ich zu Octocat.

Er murmelte etwas, ohne mich anzusehen, und schleckte unablässig an sich herum.

Ich seufzte und schüttelte erneut den Kopf, dann näherte ich mich der Theke des Zugbistros und merkte da erst, dass mein Magen knurrte. Selbst das Essen hatte ich in meiner Aufregung über die Reise vergessen.

Der Servicemitarbeiter, den ich ansteuerte, rang sich ein Lächeln ab. Sein lockiges, rotes Haar fiel ihm über die Augen, und er strich sich die Strähnen aus dem Gesicht. Vielleicht sollte ich lieber etwas Abgepacktes nehmen, denn von diesem Kerl wollte ich nichts zubereitet bekommen.

Ich hatte gesehen, dass sie hier auch Steaks anboten, und auf ein saftiges Steak hatte ich jetzt richtig Appetit. Ob es noch zu früh war, eines zu bestellen? Hoffentlich nicht.

Bevor ich jedoch die Theke erreichte, um meine Bestellung aufzugeben, wurde ich von einer Frau in einem cremefarbenen Rock mit farblich passender Rüschenbluse abgefangen.

„Hallo", sagte sie mit einem zurückhaltenden Lächeln. „Haben Sie da drüben gerade mit Ihrer Katze gesprochen?"

Sie sah über meine Schulter und nickte in Richtung Octocat, dann warf sie mir einen vielsagenden Blick zu, als hätte sie mein streng gehütetes Geheimnis bereits durchschaut.

Kaum fünf Minuten im Zug, und schon war mir der erste Fauxpas unterlaufen.

Oh-oh.

Ich trat einen großen Schritt zurück, aber die Dame griff nach meinem Handgelenk und kicherte leise.

„Ich wollte Sie nicht beleidigen. Ich spreche ja auch ständig mit meiner Grizabella. Nur wenige Menschen verstehen die besondere Bindung zwischen einer Frau und ihrer Katze. Finden Sie nicht auch?" Sie neigte den Kopf zur Seite und grinste.

Ich nickte erleichtert. „Mein Name ist Angie und das ist Octocat."

„Ich bin Rhonda Lou Ella Smith." Sie streckte mir eine schlaffe Hand entgegen, eher als ob sie einen Kuss erwartete. Da ich Angst hatte, sie mit meinem festen Griff zu verletzen, entschied ich mich für einen freundlichen Fistbump ... was kläglich scheiterte.

Rhonda strich sich über die Bluse und verschränkte die Arme. „Ja, gut. Wollen Sie sich zu uns gesellen? Besser, Sie setzen sich zu uns an den Tisch als jemand anderes." Sie lachte wieder, und es klang wie Vogelgezwitscher im Morgengrauen. Eigentlich erinnerte mich alles an ihr an einen Vogel – ihre zarte Gestalt, das teure, maßgeschneiderte Outfit, der auffällige Schmuck und nicht zuletzt ihr platinblondes Haar.

„Klar, gerne, lassen Sie mich nur erst schnell etwas zu essen bestellen." Ich wandte mich wieder dem rothaarigen Servicemitarbeiter zu, der verlegen die Hand herabsinken ließ, an der er gerade an seinen Fingern knabberte. Ekelhaft. Zugegeben, ich kaue auch an meinen Nägeln, aber das geht doch nicht, wenn man in der Gastronomie arbeitet.

„Oh, machen Sie sich nicht die Mühe. Ich habe genug da, Sie können gerne etwas von mir haben", versprach Rhonda und glitt zurück zu ihrem Tisch, wobei sie sich so anmutig wie eine Balletttänzerin bewegte.

„Ja okay, bin gleich da." Ich lächelte, nur für den Fall, dass sie sich in dem Moment zu mir umdrehte, und ging zurück zu meinem Tisch, völlig verwirrt von dem Interesse dieser eleganten Frau an mir. Lag das wirklich nur daran, dass sie sich mit mir als Katzenbesitzerin verbunden fühlte?

„Was auch immer du mit ihr vereinbart hast, ich bin nicht einverstanden", ließ mich mein Kater wissen, der mittlerweile aufrecht saß und seinen gestreiften Schwanz um sich geschlungen hatte. „Ich bleibe genau hier."

„Dann wirst du wohl kein Evian bekommen", flüsterte ich, drehte ihm den Rücken zu und zählte leise bis fünf.

„Eines Tages rufe ich den Tierschutz an", hörte ich ihn hinter mir sagen, und in der nächsten Sekunde spürte ich schmerzhaft seine Krallen auf meiner Schulter, auf die er vom Tisch aus gesprungen war.

„Autsch!" Das hatte er noch nie gemacht, und es war mir ein Rätsel, warum er mich ausgerechnet jetzt als Mitfahrgelegenheit benutzte. Wahrscheinlich fand er es witzig, mich auf diese Weise dafür zu bestrafen, dass ich von ihm verlangt hatte, sich den anderen Passagieren gegenüber wie eine normale, nette Katze zu verhalten.

„Was für ein cooler Trick", zwitscherte Rhonda und klatschte begeistert in die Hände, als wir uns näherten.

„Tricks? Ich bin doch kein Köter, Madame, ich bin eine Katze", motzte Octocat unsere neue Freundin an, obwohl sie sicher nur sein klägliches Miauen hörte.

„Mach dir nicht die Mühe, mit ihr zu sprechen", ertönte eine sanfte, melancholische Stimme von der Sitzbank. „Sie versteht es nie."

Dort thronte eine wunderschöne Perserkatze – eine Himalayan –, deren Gesicht, Pfoten und Schwanz sich dunkel abzeichneten und die uns aus auffallend blauen Augen ansah. Das musste die bereits erwähnte Grizabella sein. Es gab solche Katzen und solche. Und diese hier konnte zweifellos als Musterexemplar ihrer Rasse bezeichnet werden, so perfekt war ihr Fell, ihre Haltung und einfach alles an ihr.

Octocat erstarrte auf meiner Schulter und seine Schnurrhaare pikten mich in die Wange, während er den Kopf wandte, um die Kätzin besser sehen zu können. „Bete zu Gott, Angela. Siehst du auch einen Engel vor uns?"

Einen Engel? Was?

Ich versuchte, ihn anzuschauen, aber alles, was ich sah, war sein getigerter Pelz direkt vor meiner Nase. Irritiert setzte ich ihn runter, auf die leere Sitzbank gegenüber von Rhonda.

Er protestierte nicht einmal, hüpfte sofort auf den Tisch und hörte auch nicht eine Sekunde lang auf, die andere Katze anzustarren. Auch dass er eben unbedingt einen Schluck Evian haben wollte, schien ihm nun völlig schnurz zu sein.

„Meine Teuerste, es ist mir eine Ehre und ein Privileg, deine Bekanntschaft zu machen", raunte er, und seine bernsteinfarbenen Augen wurden immer größer, je länger er sie betrachtete. Entweder hatte er zu viel Zeit mit Pringle, unserem Waschbären und Liebhaber der Ritterzeit verbracht, oder er hatte einen der Fantasy-Kanäle im Fernsehen entdeckt. Vermutlich beides.

„Ich glaube, meine Katze mag Ihre", sagte ich kichernd zu Rhonda. Ich hatte Octocat noch nie flirten sehen, und es behagte mir nicht so ganz.

„Vorsicht", warnte die Frau, „Grizabella mag weder andere Katzen noch Menschen noch sonst irgendwen." Sie streckte die Hand aus, um das lange Fell der Himalayakatze zu streicheln, wurde aber mit einem schnellen Pfotenhieb davon abgehalten.

Diese Katze schien ganz nach Octavius' Geschmack zu sein.

„Du willst dich wohl bei mir einschmeicheln, Hauskatze, aber da bist du bei mir an der falschen Adresse", zischte Grizabella und schmiegte sich an Rhondas Seite. Wow, was für eine Zicke. Octocat hatte zwar auch manchmal ziemlich heftige Stimmungsschwankungen, aber nicht von einer Sekunde auf die andere, eher von Stunde zu Stunde.

Normalerweise würde mein Kater auf eine solche Beleidigung mit einer entsprechenden Retourkutsche und möglicherweise mit dem Gebrauch seiner Krallen reagieren, aber nicht dieses Mal. „Das siehst du nicht richtig. Ich bin zum Teil eine Maine Coon, die älteste aller amerikanischen Katzenrassen, wie du weißt, und ich stehe dir zu Diensten, schöne Grizabella." Er senkte den Kopf und klappte seine Ohren zur Seite, um ihr Respekt zu zollen.

„Ich brauche deine Dienste nicht. Mein Mensch kümmert sich hinlänglich um meine Bedürfnisse."

„Du machst einen auf schwer zu kriegen, was", bemerkte Octocat mit einem schelmischen Grinsen.

„Nein, unmöglich zu kriegen ", erwiderte Grizabella, wobei ihr Schwanz auf der Sitzbank neben ihr zuckte und gegen ihre Besitzerin schlug.

„Nichts ist unmöglich." Octocat zwinkerte, dann leckte er sich die Pfote. „Ich werde einen Weg finden. Schließlich ist das Lösen von Rätseln mein Job. Mir gehört nämlich die Hälfte einer Privatdetektei."

Grizabella wirkte zwar leicht beeindruckt, sagte aber nichts.

Ich dachte mir, dass es an der Zeit sei, mich mit Rhonda zu unterhalten, damit sie keinen Verdacht schöpfte, was meine Kommunikation mit den Katzen anging. „Warum sind Sie denn mit dem Zug unterwegs?", fragte ich Rhonda und bemühte mich, meine volle Aufmerksamkeit auf sie zu richten.

Sie betastete den enorm großen, goldenen Anhänger, der von der Perlenkette um ihren Hals herabhing – ein beeindruckendes Stück mit einem aufwendigen, eingravierten Muster, in dessen Mitte zahlreiche Perlen prangten. Das Ding musste ein Vermögen gekostet haben. Mein schönstes Schmuckstück hingegen war eine filigrane Sterlingsilberkette mit einem Anhänger in Form einer Pfote, die Grandma mir zu meinem letzten Geburtstag geschenkt hatte.

Rhonda schaute nachdenklich aus dem Fenster. „Ich reise lieber mit der Bahn. Das ist besser für Grizabella."

„Wir sind unterwegs nach Georgia", teilte ich ihr mit. „Fahren Sie da auch hin?"

„Dieses Mal nicht. Wir werden wahrscheinlich vorher aussteigen." Seltsam, dass sie ihr Ziel nicht nannte, aber ich beschloss, nicht nachzubohren – schließlich war das nicht der Sinn von Smalltalk.

„Ich bin ehrlich gesagt noch nie Zug gefahren. Außer vielleicht in so einem Bummelzug im Zoo." Ich lachte über meinen eigenen blöden Witz.

Rhonda nicht. „Es wird Ihnen gefallen. Es ist eine ganz besondere Form des Reisens."

„Den Eindruck habe ich auch."

Sie lächelte, blickte dann aber wieder abwesend aus dem Fenster. Wie merkwürdig, dass sie uns so nachdrücklich an ihren Tisch gebeten hatte, wo sie sich doch offenbar gar nicht mit mir unterhalten wollte.

Wir schwiegen und betrachteten die Katzen, die sich zu Octocats Leidwesen immer noch nicht angefreundet hatten.

„Oh, liebe Grizabella. Ich würde alles für dich tun, sogar eines meiner sieben Leben für dich opfern." Er tapste an den Rand des Tisches und ließ sich direkt vor Rhonda nieder, die ihn erfreut streichelte und gurrende Laute von sich gab.

„Kein Interesse", meinte Grizabella mit erhobenem Näschen.

Octocat ignorierte Rhondas Streicheleinheiten und bemühte sich weiterhin um die Zuneigung der Himalayakatze. „Ich könnte eine Maus für dich fangen. Hättest du gerne eine schöne tote Maus?"

Grizabella knurrte und versteckte sich unter dem Tisch, um meinem armen verliebten Katerchen zu entkommen.

Rhonda gluckste und hielt sich dabei eine Stoffserviette vor den Mund. „So ist Grizabella eben. Sie mag andere Katzen nicht besonders und die anderen mögen sie genauso wenig."

Ich wollte gerade einwerfen, dass Octocat doch

überaus angetan von der kleinen Lady sei, da meinte Rhonda: „Deshalb passen wir so gut zusammen."

Was für eine bizarre Aussage. Wollte mir Miss Superreich damit sagen, dass sie mich nicht mochte? Oder dass sie glaubte, ich könne sie nicht leiden. Was spielte das überhaupt für eine Rolle? Und warum hatte sie darauf bestanden, dass wir sie begleiten?

Ich lächelte, erwiderte jedoch nichts. Schließlich begann sie, mir Geschichten über Grizabellas unzählige alltägliche Abenteuer zu erzählen. Ehrlich gesagt wünschte ich mir, ich wäre bei dem Schriftsteller geblieben.

4

Obwohl Rhonda mir zuvor gesagt hatte, sie habe genügend Snacks dabei, von denen ich gerne welche haben könne, bot sie mir kein einziges Mal etwas davon an. Als Octocat und ich uns letztendlich von ihr verabschiedeten, war es mir zu peinlich, sie danach zu fragen, und ich wollte auch nicht unhöflich sein, indem ich mir danach direkt vor ihren Augen etwas zu essen kaufte. Meine Hoffnungen ruhten nun auf meinen Eltern, denn ich wusste, dass mein sportbegeisterter Vater fast immer einen Müsliriegel oder eine Tüte Studentenfutter dabeihatte.

„Willst du wirklich nicht noch bleiben und ein bisschen plaudern?", fragte Rhonda, als ich mich zum Gehen erhob.

Sie schaute wieder aus dem Fenster, und auch ich

warf einen Blick nach draußen. Offensichtlich hatten wir eine ganze Weile zusammengesessen, denn die Dämmerung legte sich bereits über die hügelige Landschaft. Kein Wunder, dass ich hungrig war!

„Es tut mir leid. Ich muss wirklich zurück zu meinen Eltern", sagte ich achselzuckend und hasste es, wie kindisch ich mich dabei anhörte.

„Das ist wunderbar, dass du so einen guten Draht zu deiner Familie hast. Das hat längst nicht jeder", meinte Rhonda und streichelte geistesabwesend ihre Katze, während sie zusah, wie ich mich aufmachte.

Wie durch ein Wunder kletterte Octocat bereitwillig und ohne Murren in seine Transportkiste zurück, vermutlich weil Grizabella ihn dabei skeptisch beäugte. O Mann, wenn ich geahnt hätte, welch wundersame Wirkung eine Katzenfreundin auf ihn haben würde, hätte ich mich schon vor langer Zeit als Verkupplerin probiert.

„Also", murmelte ich auf dem Weg durch die drei Zugwagen zurück zu unserem Platz, jetzt wieder mit dem Bluetooth-Kopfhörer im Ohr. „Drehst du immer durch, wenn du einer rassigen Dame begegnest, oder gibt es etwas Spezielles an Grizabella, das dich so fasziniert?"

Er seufzte glückselig. „Bis zum heutigen Tag war ich noch nie verliebt. Es ist, als ob sich mir eine ganz neue Bewusstseinsebene eröffnet hätte." Ach du

Schande. Die zärtlichen Gefühle waren meiner Drama Queen offenbar vollends zu Kopf gestiegen. Ich konnte es Grizabella nicht verdenken, dass sie seine Avancen so anstrengend fand, und verdrehte die Augen.

„Vergiss bitte nicht, dass wir nicht ewig in diesem Zug sein werden und du sie wahrscheinlich nicht wiedersehen wirst, wenn wir in Georgia angekommen sind." Beziehungsweise, Rhonda hatte ja gemeint, dass sie wahrscheinlich vor uns aussteigen würden ... Das hatte sie doch gesagt, oder? Nach den ganzen Katzengeschichten konnte ich mich nicht mehr genau erinnern, was sie mir zu Beginn unseres Gesprächs erzählt hatte.

Plötzlich tat mir mein armer Kater ungeheuer leid. Nicht nur, weil sie ihm keine Chance gegeben hatte, er würde seinen Schwarm voraussichtlich auch nie wiedersehen. „Lass dich davon bitte nicht unterkriegen", warnte ich ihn. „Ich möchte dich nicht so sehr leiden sehen."

„Die Liebe findet immer einen Weg, Angela", entgegnete er wissend. Wie das in diesem speziellen Fall funktionieren sollte, konnte ich mir jedoch nicht vorstellen, da ihn seine Angebetete offenkundig ablehnte.

Außerdem waren sie Katzen. Konnten sich diese Fellnasen überhaupt verlieben? Anscheinend schon.

Ich hoffte, dass Octocat eines Tages eine kleine Lady finden würde, die seine romantischen Gefühle erwidern würde. Vielleicht hatte es aber auch etwas Gutes, dass er jetzt wusste, wie es war, verliebt zu sein, da er für mein eigenes Liebesleben bislang keinerlei Verständnis aufbringen konnte.

„Heißt das, dass du ab jetzt akzeptieren wirst, dass ich mit Charles zusammen bin?", fragte ich, in der Hoffnung, dass er meinen Freund von nun an nicht mehr „Kotzbrocken" nennen würde.

Er äußerte sich nicht dazu, aber aus der Transportbox drang ein lautes Schnurren, was ich als die feline Form eines glückseligen Summens beim Gedanken an den Partner interpretierte. Wow. Es hatte ihn wirklich schwer erwischt.

Apropos schwer erwischt: Als ich zu meinem Platz zurückkehrte, fand ich meine Eltern innig umschlungen vor, während beide gebannt auf den Laptop meiner Mutter starrten.

„Was seht ihr euch an?", fragte ich und bemerkte, dass sie sich das Paar Kopfhörer teilten.

„Harry Potter und die Heiligtümer des Todes, Teil zwei", antwortete meine Mutter, ohne ihren Blick vom Bildschirm abzuwenden.

„Was? Ihr seid echt strange! Warum fangt ihr mit dem letzten Teil an?"

„Wir müssen doch wissen, ob zum Schluss alles

gut wird, bevor wir so viel Zeit in eine Serie investieren", erklärte mein Vater mit einer hochgezogenen Augenbraue.

Mir persönlich waren Spoiler ein Graus – dann machte es doch nur noch halb so viel Spaß. Aber wenigstens hatten meine Eltern Harry Potter eine Chance gegeben, und das rechnete ich ihnen hoch an.

Der Möchtegern-Schriftsteller, mit dem ich mich zuvor kurz unterhalten hatte, hörte auf zu tippen und schien uns aus dem Augenwinkel zu beobachten. Wartete er auf eine Gelegenheit, um mir wieder von seinem Roman zu erzählen?

Offensichtlich war jetzt eine schnelle Entscheidung gefragt. Entweder, ich stieg beim ohnehin schon viel zu kuscheligen Fernsehabend meiner Eltern mit ein, oder ich ging auf eine weitere Zugentdeckungstour. Nach dem Gespräch mit Rhonda und Grizabella brauchte ich etwas Zeit für mich allein, um wieder einen klaren Kopf zu bekommen, weshalb ich wohl besser verduftete, bevor der eingebildete Schriftsteller zu einem zweiten Gesprächsversuch ansetzte.

„Ich wollte nur meine Jacke holen", sagte ich, nahm die leichte Jeansjacke von meinem Sitz und warf sie mir über die Schultern. „Oh, noch was, habt ihr vielleicht etwas zu essen für mich?"

„Du hast Glück, als alter Pfadfinder bin ich doch stets vorbereitet." Mein Vater nahm seine Reisetasche und warf mir einen Müsliriegel zu, ohne seinen Blick von dem Film abzuwenden. Wenigstens schien er ihnen wirklich zu gefallen.

„Danke", rief ich ihm schon im Gehen über die Schulter zu. Wo sich der Speisewagen befand, wusste ich ja schon, doch wenn ich nicht noch einmal auf Rhonda treffen wollte, sollte ich wohl besser nicht dorthin zurückkehren. Vielleicht gab es einen Aussichtswagen, in dem ich mich ein wenig entspannen könnte.

Wir durchquerten erneut die drei Wagen bis zum Zugbistro, dann vier weitere, bis wir den leeren und fast komplett gläsernen Wagen erreichten. Dessen Sitze waren so in der Mitte angeordnet, dass man durch die riesigen Fenster hinausschauen und das Panorama bewundern konnte.

Ich stellte Octocats Kiste auf den Boden und öffnete den Riegel der ihm verhassten Transportbox. Er tänzelte sofort zu der gigantischen Fensterfront hinüber. Ein leichter Regen hatte eingesetzt und prasselte gegen die Scheiben, und ich hatte das Gefühl, mich in einer friedlichen, traumähnlichen Blase zu befinden.

„Ich wünschte, Grizabella wäre hier und könnte das sehen", meinte Octocat sehnsuchtsvoll. So hatte seine Stimme noch nie geklungen, nicht einmal, als er von seiner verstorbenen Besitzerin, Ethel Fulton, sprach. Den armen Kerl hatte es wirklich schwer erwischt.

„Es ist romantisch", sagte ich, kuschelte mich in meine Jacke und rutschte auf dem Sitz herum, bis ich die bequemste Position gefunden hatte.

Wir beobachteten beide eine Weile den Regen und die sanften Hügel, die an uns vorbeizogen. Ob wir immer noch durch Maine fuhren? Vielleicht auch schon durch New Hampshire oder sogar Massachusetts. Ich war schon fast eingenickt, als Octocat auf den Sitz neben mir hüpfte und auf meinen Schoß kletterte, was er nur höchst selten tat.

„Machst du dir Gedanken über das erste Treffen mit deiner Familie?", fragte er, während er auf meinen Schoß herumtretelte, bevor er sich gemütlich zusammenrollte. Sonst erkundigte er sich fast nie nach meinem Befinden. Normalerweise teilte er mir einfach mit, wie es mir ging – ja genau, er glaubte, das immer zu wissen. Ich beschloss, ihn nicht darauf hinzuweisen und mich stattdessen über sein Interesse zu freuen. Denn mir fehlte tatsächlich jemand, mit dem ich darüber reden konnte.

„Es fühlt sich schon seltsam an", gab ich zu und kraulte ihn nachdenklich am Hals. „Ich dachte immer, ich wüsste, wer ich bin und woher ich komme, und dann ist plötzlich alles anders. Und das Verrückteste daran ist, dass ich es nie erfahren hätte, wenn Pringle nicht so unverschämt herumgeschnüffelt hätte."

So sehr ich mich auch oft über den Waschbären ärgerte, ich würde ihm auf ewig dankbar dafür sein, dass er die Wahrheit über die Herkunft meiner Mutter – und damit auch über meine eigene – aufgedeckt hatte.

Octocat schnurrte auf eine Weise, die nur bedeuten konnte, dass er an seinen neuen Schwarm dachte. Immerhin schien er mir noch mit halbem Ohr zuzuhören, also fragte ich ihn: „Was würdest du tun, wenn du in meinen Schuhen stecken würdest?"

„Schuhe?", erwiderte er grantig. „Du bist so ein Mensch."

Ich wusste nicht, ob er mich damit beleidigen wollte, daher schwieg ich. Immerhin war ich in der Tat nur ein Mensch. Was denn sonst?

Er hörte auf zu schnurren und schlug die Vorderbeine übereinander. „Bei Katzen ist das anders. Es spielt keine Rolle, woher du kommst. Nur, ob aus dir etwas Gutes geworden ist."

Ein so einfacher Gedanke, aber ein schöner. Manchmal bewunderte ich seine Sicht auf die Dinge.

„Katzen sehen ihre Familien in der Regel nicht wieder, nachdem sie von ihren Müttern getrennt wurden, höchstens die Streuner und Straßenkatzen." Er hielt inne und erschauderte bei der Vorstellung. „Eine Geschichte wie die deiner Grandma und deiner Mom ist für Katzen ganz normal. Wir werden in eine Katzenfamilie hineingeboren, aber dann kommt eine Menschenfamilie, die uns da wegholt und bei der wir dann bleiben."

„Was willst du damit sagen?"

„Grandma ist dein Mensch, und sie ist ein guter Mensch. Es hätte viel schlimmer kommen können."

Damit hatte er vollkommen recht. Mein Kater konnte manchmal so schlau sein, und dann wiederum tat er völlig banale Dinge, beispielsweise starrte er ohne ersichtlichen Grund die Wand an. Er war schon ziemlich crazy, aber zum Glück passten wir mit unserer Beklopptheit perfekt zusammen.

Mit diesem Gedanken und seinem Schnurren im Ohr nickte ich ein.

5

Das unaufhörliche Rauschen des Regens und die wohligen Laute meines unerwartet verschmusten Katers hatten mich in den Schlaf gelullt. Ich träumte, ich sei Anne von Green Gables auf ihrer ersten schicksalhaften Zugfahrt, die sie zu den Cuthberts führen würde. Ein schöner Traum, denn Anne war eine meiner absoluten Lieblingsheldinnen.

Dieser fand jedoch ein jähes Ende, als ein schrecklicher Schrei die Luft zerriss und sich die Krallen von vier Pfoten tief in meinen Schoß bohrten.

„Aua, vorsichtig!", rief ich und sprang so schnell auf die Beine, dass Octocat auf den Boden rutschte.

Sofort stand er wieder auf allen Vieren, ging in Lauerstellung und reckte den Kopf hoch. „Das war Grizabella", rief er aufgeregt, während seine Ohren hin und her rotierten. „Sie ist in Schwierigkeiten. Wir müssen schnell zu ihr."

Ein erneuter Schrei durchschnitt die Nacht, und mir wurde klar, dass dieser tatsächlich von einer Katze und nicht von einem Menschen stammte. Das machte ihn jedoch nicht weniger beängstigend, aber wahrscheinlich würden die meisten anderen Passagiere ihn ignorieren.

„Hier entlang", rief Octocat und stürzte auf die Tür zu, die in die entgegengesetzte Richtung führte, aus der wir gekommen waren. Ich nahm an, dass sie zu den schicken Schlafwagen führte, die außerhalb unseres Budgets gelegen hatten, aber ich hatte keinen Zweifel, dass dies auf Rhonda Lou Ella Smith nicht zutraf.

Mein Kater war jetzt zu aufgeregt, um ihn wieder in seine Kiste zu stecken, also schnappte ich mir diese und rannte ihm hinterher.

Er wartete an der Durchgangstür auf mich und rief: „Ich komme, meine Liebste! Ich komme ja schon!"

Der Schrei ertönte erneut, diesmal begleitet von den Worten „Beeil dich!".

Ich hatte keine Ahnung, was uns erwartete, aber es klang auf jeden Fall dringend. Wir durchquerten zwei Schlafwagen und fanden im Gang des dritten die wimmernde Himalayan vor, die nervös auf und ab lief.

Sie rannte direkt auf uns zu und rieb ihr Gesicht an Octocats. „Danke, dass ihr so schnell gekommen seid. Mein Frauchen … sie ist … O Gott, es ist zu schrecklich, um es überhaupt auszusprechen!"

Octocat schien einen Moment lang sprachlos zu sein, deshalb ergriff ich das Wort.

„Kannst du es uns zeigen?", fragte ich und hielt ihr meine Hand entgegen, um ihr zu signalisieren, dass ich nichts Böses im Sinn hatte.

Grizabella schnupperte kurz und drehte sich dann um, den buschigen Schwanz steil hochgestellt und am ganzen Körper zitternd.

Der Kater und ich folgten ihr in eines der privaten Abteile. Die Tür stand einen Spalt offen, und drinnen lag unsere neue Freundin Rhonda in einer riesigen Blutlache, ihr vorhin noch makelloses, cremefarbenes Kostüm fast bis zur Unkenntlichkeit befleckt.

Ich hielt mir beide Hände vor den Mund, um nicht laut aufzuschreien, als ich bemerkte, dass eines der Steakmesser aus dem Speisewagen aus ihrem Bauch ragte, wo weitere tiefe Stichwunden klafften. Aber warum hatte sie nicht um Hilfe gerufen? Sicherlich hätte mich ein lauter Schrei von ihr aus meinen Träumen gerissen.

Auf Zehenspitzen und mit weichen Knien wagte ich mich näher heran, wobei ich achtgab, nicht in die sich weiter ausbreitende Blutlache zu treten. Ich beugte mich zu Rhonda hinunter, um ihren Puls zu fühlen. Am Handgelenk konnte ich ihn nicht ertasten, also versuchte ich es am Hals, inständig hoffend, doch vergeblich ...

Ihre schöne Perlenkette mit dem goldenen Anhänger war verschwunden. Hatte der Mörder sie mitgenommen? War diese arme, nette Frau nur aus Habgier umgebracht und ausgeraubt worden? Der Gedanke machte mich rasend vor Wut.

Kopfschüttelnd wandte ich mich wieder den Katzen zu. „Es tut mir so leid", sagte ich zu der verzweifelten Himalayakatze.

„Oh, warum? Warum?", stieß sie hervor. „Warum hat ein Mensch nur ein Leben? Und warum musste das von Rhonda ein so plötzliches Ende nehmen?"

Octocat drückte sein Gesicht mitfühlend an ihres, was ihr etwas Trost zu spenden schien. Arme, arme Grizabella.

Obwohl sie immer noch wimmerte und immer wieder in verschiedenen Varianten die Frage nach dem Warum hervorstieß, wusste ich, dass ich sie umgehend befragen musste. Hatte sie etwas beobachtet oder eine Ahnung, wer das getan haben könnte ... und ja, warum bloß?

„Kommt schon. Lasst uns besser hier rausgehen", sagte ich, da ich nicht länger als nötig in der Nähe einer Leiche bleiben wollte. Ich zog die Tür des Abteils vorsichtig hinter uns zu. „Grizabella, hast du gesehen, was passiert ist?"

Sie schüttelte den Kopf und schlug die blauen Augen nieder. „Nicht direkt. Erst danach."

„Wo warst du, als sie angegriffen wurde?", fasste ich nach und merkte bereits, dass es schwierig werden würde, sie als Zeugin zu befragen. Das war bei Katzen ohnehin oft nicht einfach, besonders wenn sie sich in einem emotionalen Ausnahmezustand befanden.

„Ich will nicht darüber reden", schniefte sie.

Das ließ meine innere Alarmglocke schrillen. Ich hatte in der Vergangenheit schon einmal einen Fall untersucht, in dem zwei Katzen des Mordes an ihrer Besitzerin verdächtigt wurden. Kam Grizabella hier auch als Täterin infrage?

„Bitte", mischte sich Octocat ein, der offenbar seine Stimme wiedergefunden hatte und mir nun wieder als mein Ermittlungspartner zur Seite stand. „Wir sind hier, weil wir Gerechtigkeit für deinen Menschen wollen, nicht um dich zu verurteilen."

„Versprecht ihr, es niemandem zu verraten?", schniefte Grizabella traurig.

„Natürlich werden wir nichts verraten", versicherte ich ihr, nicht nur, weil mich so ziemlich jeder andere wohl für verrückt gehalten hätte, wenn ich erzählt hätte, dass die Katze ein Alibi besitzt.

„Ich war gerade im WC nebenan, auf meiner Reisetoilette, und hörte, wie jemand hereinkam und mit Frauchen sprach, als ich gerade dabei war … Nun, ihr wisst schon. Was sie sagte, konnte ich nicht verstehen, habe nur gedämpfte Geräusche gehört. Ich wartete dort, bis ich die Person gehen hörte, denn ich hatte keine Lust, mich mit weiteren Menschen abgeben zu müssen. Nichts für ungut, aber du hast mir gereicht für den Abend." Sie drehte sich zu mir um und rümpfte die Nase. O Mann, Katzen konnten manchmal so unhöflich sein.

„Erzähl weiter", forderte Octocat sie auf, mit einer Sanftheit in der Stimme, wie ich sie von ihm nicht kannte. „Was ist dann passiert?"

Grizabella keuchte. „Als ich herauskam, lag mein Frauchen blutüberströmt da, und ihre Haut fühlte sich schon kälter an."

Ich überlegte kurz, ob ich die Himalayan streicheln sollte, um sie zu beruhigen, ließ es jedoch bleiben, da sie selbst die Berührung ihres geliebten Menschen kaum toleriert hatte.

„Oje, das ist wirklich unfassbar", sagte ich stattdessen. „Bist du einverstanden, wenn ich dir ein paar Fragen stelle? Zuerst würde ich gerne wissen, ob du

Rhonda, ich meine dein Frauchen, nicht schreien gehört hast."

„Nein, sie hat nicht geschrien und noch nicht einmal verärgert geklungen." Der Gesichtsausdruck der Katze und ihr fester Blick verrieten mir, dass sie keinen Zweifel daran hatte.

„Okay. Und weißt du, ob die tatverdächtige Person, ein Mann oder eine Frau war?"

„Oh, das weiß ich nicht, tut mir leid. Für mich sehen alle Menschen gleich aus, und sie klingen auch gleich." Immerhin sprach sie nun etwas freundlicher mit mir. Sie schien zu verstehen, dass ich helfen wollte, und hatte sich entschlossen, mich zu unterstützen.

„Das habe ich früher auch immer gesagt", brummte Octocat. „Bis ich sie ein bisschen besser kennengelernt habe."

„Ja, es ist mir nicht entgangen, dass dein Mensch sprechen kann", sagte Grizabella und setzte sich anmutig auf. „Wie kann das sein? Und findest du das nicht ein wenig verdächtig?"

Er schüttelte den Kopf und nahm mich sofort in Schutz. „Sie ist hier, um zu helfen. Das sind wir beide. Kannst du uns sonst noch irgendetwas erzählen, das uns helfen könnte herauszufinden, was mit deinem Menschen passiert ist?"

„Ich weiß nur, dass sie tot ist."

Na toll. Hier lag eine Leiche, die bisher nur ich entdeckt hatte, und die einzige Zeugin war eine verwöhnte Rassekatze, die keinerlei Hinweise für uns hatte. Es erschien mir nahezu unmöglich, diesen Fall zu lösen, bevor der Zug den nächsten Bahnhof erreichte und die zuständigen Behörden übernehmen konnten. Sollte ich es trotzdem probieren oder besser dezent das Personal alarmieren und versuchen, den Tatort so gut es ging zu sichern, bis Hilfe an Bord kam?

Der Zug fuhr in einen Tunnel ein, wodurch es draußen schlagartig noch dunkler wurde. Durch die Fenster im Gang konnte ich schwere Steinmauern erkennen und erschauderte. Es war, als würden wir durch eine Gruft fahren.

Wie passend.

Ich holte mein Handy heraus, um auf die Uhr zu schauen. Kurz nach vier. Der nächste Halt stand erst um sieben Uhr dreißig auf dem Plan. Würden wir diesen Horrortrip noch dreieinhalb Stunden mit einer Leiche an Bord durchstehen? Und wen sollte ich über den Mord informieren? Der ganze Zug war allem Anschein nach in einen Tiefschlaf gefallen ...

Die Lampen über unseren Köpfen flackerten und erloschen in der nächsten Sekunde mit einem lauten Knall. Na super. Ein Stromausfall hatte uns gerade noch gefehlt. Schlimmer konnte es kaum werden, oder?

Und erfahrungsgemäß war es nie ein gutes Zeichen, wenn man sich diese Frage stellen musste.

Denn genau in dem Moment kam der Zug in diesem düsteren, engen Tunnel zum Stehen. Wir saßen fest, mitten im Nirgendwo, während ein Killer – ein brutaler Killer – frei herumlief, und ich konnte nicht einmal die Hand vor Augen sehen.

Einfach nur perfekt.

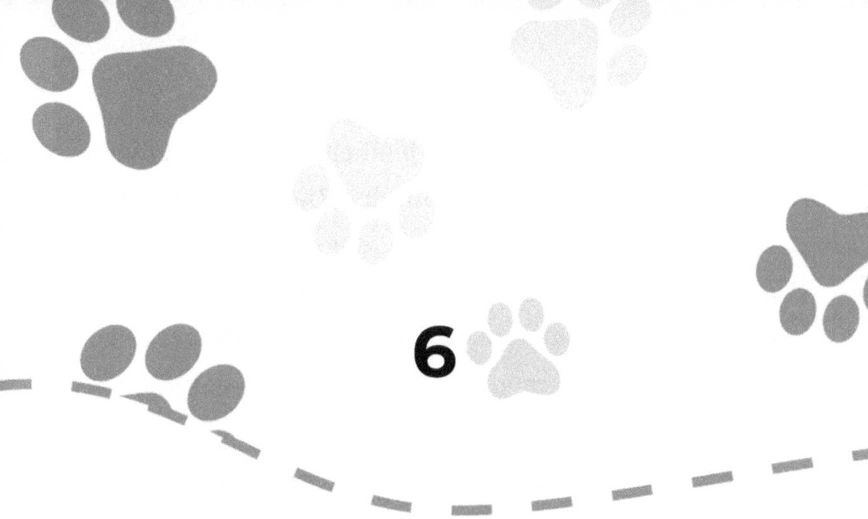

6

ch aktivierte die Taschenlampenfunktion meines Handys. Die Akkulaufzeit betrug noch sechzehn Prozent. Ich sollte mir wirklich so eine Powerbank zulegen, falls ich in Zukunft noch einmal in einem finsteren Zug mit einem barbarischen Mörder gefangen sein sollte.

Vorausgesetzt, ich überlebte das hier …

Ein Riesenschreck durchfuhr mich, als mein Telefon auf einmal munter zu läuten begann.

Mit zitternden Fingern nahm ich den Anruf entgegen und presste das Gerät ungeschickt an mein Ohr. Die Stimme meiner Mutter ertönte aus dem Lautsprecher.

„Angie! Wo bist du? Geht es dir gut?"

„Mama", rief ich laut. Normalerweise konnte ich

unter Druck ziemlich cool bleiben, aber jetzt gingen meine Nerven mit mir durch. Rhondas blutüberströmte Leiche befand sich nur wenige Schritte von mir entfernt in dem Abteil, vor dessen Tür ich gerade verharrte, gefangen in der Dunkelheit. Das war zu viel für mich. Niemand hätte das einfach wegstecken können.

Mein Zuhause lag in weiter Ferne. Tatsächlich wusste ich nicht einmal, wo wir uns auf unserer Reise von Maine nach Georgia befanden. Ich kannte keinen der anderen Passagiere, sodass jeder theoretisch als Mörder infrage kam, also konnte ich auch niemandem vertrauen.

Niemandem, außer meiner Katze und meinen Eltern.

„Was ist denn los? Sag mir, wo ich dich finde", rief meine Mutter ins Telefon. Sie spürte sofort, dass etwas nicht stimmte, und zwang mich zum Glück nicht, noch mehr zu sagen, sondern stürzte direkt los, um sich zu vergewissern, dass ich in Sicherheit war.

„Am Speisewagen vorbei. Durch den Aussichtswagen. Dahinter in einem der Privatabteile. Beeil dich." Ich brauchte ihr nicht zu sagen, dass sie Dad mitbringen sollte, denn ich wusste, das würde sie so oder so tun. Zu dritt hätten wir vielleicht eher eine Chance, hier weiterzukommen. Natürlich würden wir die arme Rhonda Lou Ella Smith nicht mehr retten können. Für sie kam jede Hilfe zu spät.

Ich ließ mich an der Wand hinunter zu Boden sinken und umklammerte meine Knie, während ich auf meine Eltern wartete. In diesem Moment konnte ich nicht die sonst so gefasste, rationale Detektivin sein. Ich brauchte erst einmal ein paar Minuten, um meine Gefühle zu sortieren und meine Gedanken zu sammeln.

In der Dunkelheit streifte etwas Pelziges meinen Arm.

„Warum weinst du?", fragte mich Octocat aufmerksam. „Du weinst doch sonst nicht."

„Die Dunkelheit setzt mir zu. Sie macht alles noch viel schlimmer", schluchzte ich und tastete nach ihm. Sobald meine Hand sein Fell berührte, schöpfte ich wieder etwas Mut. Wir hatten schon alle möglichen gefährlichen Situationen durchgemacht und auch immer überstanden. Gemeinsam.

„Die Dunkelheit verändert doch nicht viel, oder?" Er entfernte sich, und ohne seine Wärme überkam mich direkt ein Frösteln.

„Vielleicht für eine Katze. Menschen können nicht im Dunkeln sehen wie ihr." Da kam mir eine Idee. Die beiden Katzen waren die einzigen im Zug, die sich ohne Taschenlampe gut zurechtfanden und daher auch die einzigen, die unauffällig umherschleichen konnten.

„Octavius, Grizabella“, rief ich sie zu mir, wobei ich nicht genau wusste, wie weit weg von mir sich die beiden gerade aufhielten. „Könnt ihr beide den Zug ein wenig erkunden? Schaut, ob ihr jemanden findet, der euch verdächtig vorkommt.“

„Was macht einen Menschen verdächtig?“, fragte die Himalayakatze mit ihrer weichen, melodischen Stimme von der anderen Seite des dunklen Wagens.

Ich war wieder auf Kurs. Die Konzentration auf die Ermittlung half mir, die Angst, die mich aus dem Konzept gebracht hatte, zu verdrängen. Und jetzt, wo mein Sehsinn quasi ausgeschaltet worden war, brauchte ich umso mehr einen klaren Kopf.

„Wenn sie zum Beispiel Blut an sich haben, herumschleichen oder nach etwas suchen. Wir haben immer noch keine Ahnung, warum Rhonda getötet wurde, also müssen wir nach allgemeinen Hinweisen suchen, bis wir das herausgefunden haben. Habt ihr das verstanden?“

„Das kriegen wir hin“, versicherte mir Octocat, dessen Stimme tiefer klang als sonst. Womöglich wollte er vor seiner Angebeteten dadurch männlicher klingen. „Das einzige Problem ist, dass wir einen Menschen brauchen, der uns die Türen zwischen den Zugwagen öffnet.“

Ach ja, richtig.

In diesem Moment schob sich wie aufs Stichwort die Tür unseres Wagens auf, und meine Eltern stürmten herein, wobei sie den Gang vor sich mit ihren beiden Handys beleuchteten.

„Schaltet eines davon aus", zischte ich. „Wir müssen die Batterien schonen. Wir wissen doch nicht, wie lange wir noch hier draußen im Dunkeln festsitzen werden."

„Wir freuen uns auch, dich zu sehen", erwiderte meine Mutter spöttisch.

Ich wollte aufstehen, fand jedoch nicht die Kraft und hielt mich mit einer Hand an der Wand fest. „Mom, Dad. Es ist ein Mord geschehen."

„Was? Wann?" Mein Vater beugte sich beunruhigt zu mir herunter und musterte mich.

„Kurz bevor das Licht ausging und der Zug anhielt."

Meine Mutter hockte sich neben mich auf den Boden und drückte meinen Kopf an ihre Brust. „Oh, Angie. Du hättest nicht so alleine hier herumlaufen sollen. Das war gefährlich."

„Jetzt seid ihr ja hier und mir geht es gut, okay?" Ich zwang mich zu einem Lächeln, aber die Taschenlampe meiner Mutter war auf etwas anderes gerichtet.

„Ich kann kaum etwas sehen", murrte sie.

Ich löste mich aus ihren Armen und richtete mich

auf. „Hör mal, Dad. Kannst du jemanden vom Bahn-personal suchen? Sag ihnen, dass wir hier eine Leiche haben und dass es definitiv ein Mord war. Ruf Mom an, wenn sie noch mehr wissen wollen. Mein Handy ist gleich leer."

„Ja, mache ich", antwortete er mit sicherer, unge-rührter Stimme. „Aber was werdet ihr zwei tun?"

„Das fragst du noch?", sagte Mom, und ich stellte mir in dem Moment vor, wie sie eine Hand in die Hüfte stemmte und die Augen zusammenkniff, obwohl sie natürlich immer noch neben mir auf dem Boden hockte.

„Also den Mord aufklären, nehme ich an." Er lachte leise in sich hinein. „Alles klar. Aber sei bitte vorsichtig."

Mom richtete sich auf und ließ ihr Licht spen-dendes Telefon neben mir auf dem Boden liegen. „Du auch. Ich will dich nicht verlieren, liebe dich." Nachdem meine Mutter dies gesagt hatte, erfüllte ein schmatzendes Geräusch den Raum. Das war ja klar.

„Das gilt für euch beide", antwortete mein Vater, bevor er seine Handy-Taschenlampe wieder einschal-tete und meine Mutter und mich zurückließ, um seinen Auftrag zu erledigen.

„Warte!", rief ich, kurz bevor sich die Tür hinter ihm schloss. „Folgt ihm!", sagte ich zu den Samtpfo-ten. „Dad, geh langsam durch die Türen. Die Katzen werden dir folgen, um nach verdächtigen Personen Ausschau zu halten.“

„Wird gemacht!“ Mein Vater salutierte wahrscheinlich, aber ich konnte es nicht genau erkennen. Meine Mutter hatte ihm schon vor geraumer Zeit von meiner außergewöhnlichen Fähigkeit erzählt, aber er hatte noch nie mit mir und Octocat an einem Fall gearbeitet. Es gefiel mir, dass er meiner Bitte einfach nachkam, ohne sie zu hinterfragen.

„Wenn er zurückkommt, kommt ihr beide auch zurück. Okay?“, schärfte ich meinem Kater ein.

Octocats braun gestreifter Körper bewegte sich in den Lichtkegel meines Vaters, und er drehte sich mit einem Stirnrunzeln zu mir um. „Angela, bitte“, zischte er. „Ich habe das schon verstanden. Ladies first, Grizabella.“

Die Himalayan ging selbstbewusst voran, Schwanz und Nase hoch aufgereckt. Die Tür fiel schwungvoll hinter ihnen zu. Weg waren sie.

Mom verschwendete keine Sekunde. „Zeig mir den Tatort“, forderte sie mich auf. Als Investigativjournalistin der Extraklasse liebte sie es ebenso wie ich, Rätsel zu lösen. Wir hatten bisher nur ein wenig zusammengearbeitet, aber ich war froh, sie jetzt an meiner Seite zu haben.

Nachdem ich mir die letzten Tränen abgewischt

hatte, bewegte ich ihre Hand mit der Lampe in Richtung von Rhondas Tür. „Da drinnen", flüsterte ich.

Ich ließ meine Hand auf ihrer liegen, und wir schoben die Tür gemeinsam auf. Diesmal wusste ich, was wir vorfinden würden, was es etwas leichter machte, wieder hineinzugehen, obwohl alles stockdunkel war.

7

Mom wagte sich in das Privatabteil des Opfers vor. Dort lag Rhonda genau so, wie ich sie vor weniger als einer halben Stunde entdeckt hatte. Die arme Seele.

„Ich würde sagen, für unsere nächste Zugreise sollten wir ein paar mehr Kröten investieren", sagte sie, während sie den Strahl der Taschenlampe über die komfortable Ausstattung wandern ließ, die ich vorhin nicht richtig wahrgenommen hatte. „Wobei dieser Vorfall hier nicht gerade für die erste Klasse spricht."

„Kannst du das Licht auf Rhondas Körper richten?", bat ich sie und ignorierte ihren unpassenden Scherz. „Ich möchte mich vergewissern, ob ich etwas übersehen habe." Da ich vorhin nicht den ganzen Raum in Augenschein genommen hatte, waren mir womöglich auch Details an Rhondas leblosem Körper entgangen.

„Du kanntest sie?", fragte meine Mutter überrascht.

„Wir sind uns im Zugbistro über den Weg gelaufen und haben uns eine Weile unterhalten."

„Wie kam es denn dazu?" Meine Mutter betätigte den Lichtschalter, nur um sicherzugehen, doch nichts rührte sich.

Dass sie hier war, beruhigte mich. Nicht nur fühlte ich mich zu zweit viel sicherer, möglicherweise fielen ihr auch Dinge auf, die ich selbst nicht bemerkt hätte. Zusammen konnten wir hier mehr erreichen – oder zumindest Schlimmeres verhindern.

„Sie wollte unbedingt, dass ich mich zu ihr setze, weil ich auch eine Katzennärrin bin, und hoffte wohl, wir könnten uns anfreunden", erklärte ich meiner Mutter mit einem betrübten, mitfühlenden Lächeln. Sie hatte so verzweifelt nach Anschluss gesucht. „Diese Himalayakatze gehört ihr, und Octocat ist ganz vernarrt in sie."

„Er hatte schon immer einen Hang zum Exklusiven", sagte meine Mutter nachdenklich, dann räusperte sie sich und richtete ihr Handy auf die Leiche. „Hat sie dir irgendetwas erzählt, das mit dem Mord zu tun haben könnte?"

Ich biss mir auf die Lippe und betrachtete

Rhondas Gesicht. In ihrem Ausdruck lag weder Angst noch Wut. Sie sah einfach nur friedlich aus, was ich umso beunruhigender fand. „Wir haben eigentlich gar nicht so viel geredet, und ich wusste ja auch nicht, dass es später noch eine Rolle spielen könnte, aber eine Sache ist mir definitiv aufgefallen: Entweder sie hatte sich noch nicht für ein Ziel entschieden oder sie wollte es nicht preisgeben."

Mom zuckte bei dieser Neuigkeit zusammen und drehte sich mit großen Augen zu mir um. „Wie meinst du das?"

„Ich habe ihr erzählt, dass wir nach Georgia fahren, und sie erwiderte, dass sie wahrscheinlich vorher aussteigen würde. Wahrscheinlich. Nicht definitiv."

„Sie hatte also noch kein festes Ziel."

„Ja, kann sein. Oder es ist etwas passiert, das sie dazu veranlasst hat, früher als geplant aussteigen zu wollen." Sie hatte abwesend gewirkt und häufig aus dem Fenster geschaut. Könnte das ein Hinweis darauf sein?

„Viel geholfen hat es ihr jedenfalls nicht." Mom ließ den Schein der Lampe über Rhondas Körper gleiten und hielt inne, als sie ihren Bauch erreichte. „Mehrere Stichwunden. Sieht aus wie fünf. Schwer zu sagen, bei all dem Blut."

Mir wurde übel bei dem Gedanken, was für einen

Heißhunger ich an diesem Abend auf ein Steak gehabt hatte. Jetzt würde ich wahrscheinlich nie wieder eines runterkriegen – zumindest würde ich ein normales Messer dafür benutzen. „Jemand muss das Steakmesser ganz bewusst aus dem Speisewagen mitgenommen haben. Die vielen Wunden lassen darauf schließen, dass große Emotionen mit im Spiel waren."

„Also eine vorsätzliche Tat, aber was könnte das Motiv sein? Hmm." Das sorgfältig frisierte Haar meiner Mutter bewegte sich keinen Millimeter, als sie ihren Kopf hin und her schüttelte, jedoch zeichneten sich kleine Falten auf ihrer Stirn und an den Mundwinkeln ab, während sie nachdenklich auf die Leiche starrte.

„Grizabella – das ist ihre Katze – sagte, sie habe Rhonda mit jemandem reden hören, konnte allerdings nicht verstehen, worüber, da sie gerade auf ihrem Katzenklo nebenan im WC war. Sie konnte auch nicht ausmachen, ob es sich bei dem Besucher um einen Mann oder eine Frau handelte", erklärte ich, um Mom komplett ins Bild zu setzen.

Sie seufzte. „Das heißt, wir haben kaum Anhaltspunkte für unsere Ermittlung."

„Vielleicht gibt es hier drinnen noch irgendwelche Hinweise. Du hast die Lampe, also geh du doch ihre Sachen durch, und ich schaue derweil, was ich auf ihrem Telefon ausfindig machen kann."

Sie drehte sich so schnell zu mir um, dass ich zusammenzuckte. „Warum hast du kein Licht?"

„Mein Akku ist fast leer, und ich will mir den Rest lieber für später aufsparen, falls es noch einen Notfall gibt."

Sie seufzte. „Ich muss dir wohl nicht sagen, dass dir das nicht passieren sollte. Diese Lektion vergisst du sicher nicht mehr so schnell. Also komm, lass uns ihr Telefon suchen, damit du anfangen kannst."

Sie ließ den spärlichen Lichtschein der Taschenlampe durch den Raum wandern und entdeckte Rhondas Mobiltelefon binnen Sekunden. Es lag auf der Kommode neben einem Beautycase. „Ich fange hier an", sagte Mom, öffnete den Reißverschluss des Kosmetikkoffers und durchstöberte den Inhalt.

Währenddessen nahm ich Rhondas Handy und betete, Zugriff darauf zu bekommen. Und siehe da! Glücklicherweise ließ es sich auch mit einem Fingerabdruck entsperren und nicht nur mit einem Passcode. Also beugte ich mich zu ihrer leblosen Gestalt hinunter und drückte sehr behutsam und respektvoll ihren Zeigefinger auf die Oberfläche. Der dunkle Sperrbildschirm verwandelte sich in ein Foto von Grizabella, die auf einem plüschigen Kissen saß und direkt in die Kamera blickte.

Ach Mensch. Sie hatte ihre Katze wirklich geliebt.

Nur auf der Suche nach ihrem Mörder und dessen Motiv brachte mich das nette Foto nicht weiter. Um auf die richtige Spur zu kommen, würde ich tiefer graben müssen.

Zuerst überprüfte ich ihre E-Mails.

Die zahlreichen ungelesenen Nachrichten machten mich sofort ganz kribbelig. Meinen eigenen Posteingang räumte ich seit jeher dauernd auf, und es war mir unbegreiflich, warum manche Leute Tausende von ungelesenen Nachrichten horteten, vor allem, wenn es sich größtenteils um Werbemist handelte. Nachdem ich die ersten paar Dutzend E-Mails durchgeblättert und nichts als Katzenblogs und Klamottenwerbung gefunden hatte, beschloss ich, ihre sozialen Medien unter die Lupe zu nehmen.

Es überrascht mich nicht, dass Rhondas Insta-gram-Account eigentlich ein Fan-Account für Griza-bella war. Sie hatte ein paar Tausend Follower, die ihre Beiträge offenbar regelmäßig likten und kommentierten. Ich scrollte durch die letzten Herzen und stellte fest, dass fast jedes Profilbild entweder eine Katze oder eine Person zeigte, die neben einer Katze lächelte – Rhonda hatte diese Plattform augen-scheinlich nur für einen einzigen Zweck benutzt.

Auf Twitter folgte sie einer Handvoll Politikern

und anderen Prominenten, schien aber selbst nichts zu tweeten. Auch nicht hilfreich.

Und auf Facebook? Hoffentlich gab es da ein paar nützlichere Einträge.

Aber Fehlanzeige. Rhonda hatte nur sehr wenige Freunde und postete eher selten. Ihr letztes Update war eine Standort-Mitteilung von einem Bahnhof in New Brunswick. Das fand ich merkwürdig, denn ich war mir ziemlich sicher, sie auf dem Bahnsteig gesehen zu haben, als wir in Bangor einstiegen.

Ihr Text dazu lautete schlicht: Auf zu einer neuen Reise!

Ihr Feed enthielt die übliche Kombination aus Baby- und Hochzeitsfotos sowie einige höfliche Kommentare aus ihrem überschaubaren Freundeskreis. Hmm.

„Angie", flüsterte meine Mutter. Sie hatte vorher die ganze Zeit nicht geflüstert, also musste es einen besonderen Grund dafür geben. „Ich habe etwas gefunden."

Ich schwenkte das Telefon, um den Raum zu beleuchten, und erspähte sie auf der Bettkante sitzend, die Beine an den Knöcheln über Kreuz gelegt. In der Hand hielt sie ein Büchlein, und auf ihrem Gesicht zeichnete sich ein aufgeregtes Lächeln ab.

Wir hatten eine Spur.

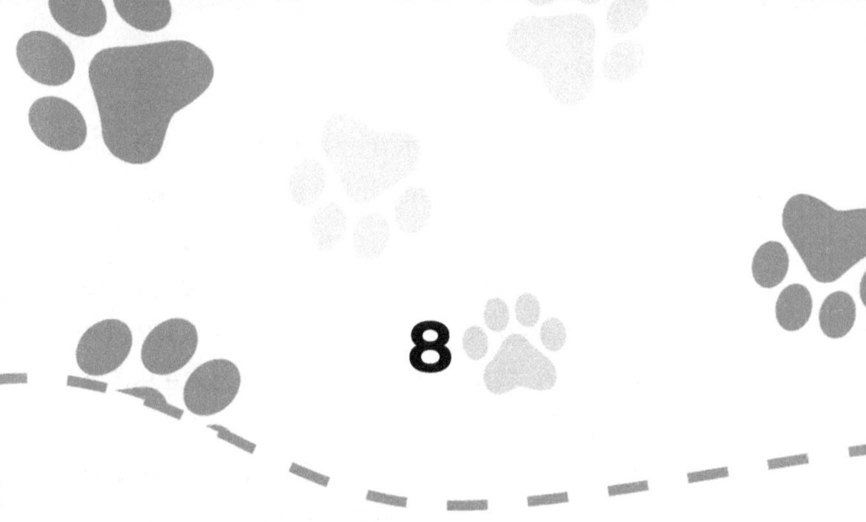

8

Wie die meisten schon etwas älteren Menschen, die ich kannte, hatte Rhonda dafür gesorgt, den Akku ihres Telefons voll aufzuladen, was mir nun zupasskam, da ich nicht so darauf achten musste, wie lange er noch halten würde. Ich benutzte das Display als Lichtquelle, während ich vorsichtig an der Leiche vorbeischlich und mich zu meiner Mutter gesellte.

„Das ist ihr persönlicher Planer", sagte sie mit gedämpfter Stimme und blätterte demonstrativ durch die Seiten. „Du weißt schon, wie die Kalender-App, aber auf Papier."

„Komm schon, Mom. Ich weiß, was ein persönlicher Planer ist." Der Einband des Kalenders bestand aus blauem Leder, das wahrscheinlich genau dem

Farbton von Grizabellas Augen entsprach. Die vergoldeten Seitenränder erinnerten mich an eine Bibel.

Meine Mutter schüttelte den Kopf und ging weiter die Einträge durch, bis sie die aktuelle Woche aufschlug. „Hier steht's." Sie zeigte auf das Kästchen für den gestrigen Tag. „Sie ist in New Brunswick zugestiegen. Ein bisschen früher als wir."

„Genau das habe ich auch ihrem Facebook-Profil entnommen, obwohl ich schwören könnte, dass sie an uns vorbeigehuscht ist, während wir uns von Grandma verabschiedeten. Sie hatte es eilig, aber ich erinnere mich definitiv an ihre Katzentransportbox mit dem ganzen Chichi."

Mom versuchte vergeblich, sich ihre Haarspray-Mähne hinter die Ohren zu streichen. „Hm. Ich kann mich nicht erinnern, sie gesehen zu haben. Vielleicht ist sie nur ausgestiegen, um sich die Beine zu vertreten."

„Oder um jemandem, der dort auf sie wartete, kurz Hallo zu sagen", mutmaßte ich. Das war in der Tat nicht auszuschließen.

„Sie ist also ausgestiegen, danach aber wieder eingestiegen", fasste Mom achselzuckend zusammen. „Warte mal. Lass mich mal nachschauen, was hier noch so alles drin steht."

Während sie die Einträge durchsah, nahm ich mir erneut Rhondas E-Mail-Postfach vor und gab den

Namen des Zugunternehmens in das Suchfeld ein. Bingo. Da sie stets alles aufbewahrt zu haben schien, tauchte die Nachricht mit dem Reiseplan sofort auf.

„Sie war auf dem Weg nach Houston." Ich konnte mir gar nicht vorstellen, dass irgendjemand freiwillig eine so lange Reise mit dem Zug unternahm, andererseits ließ es sich wahrscheinlich ganz gut in einem Privatabteil aushalten. Trotzdem hatte sie mich entweder bewusst angelogen oder ihre Pläne kurzfristig geändert. „Sie sagte mir, sie würde wahrscheinlich vor Georgia aussteigen."

Mom stand auf und drückte mir den Planer in die freie Hand. „In ihrem Kalender ist für Anfang nächster Woche eine Katzenausstellung in dieser Gegend eingetragen."

Also hatte sie ihr Ziel womöglich spontan geändert. „Ich frage mich, ob diese Person, mit der sie sich an unserer Station getroffen haben könnte, ihr Angst eingejagt hat. Vielleicht wurde sie bedroht. Vielleicht hat sie sich im Speisewagen an mich gewandt, weil sie sich in Gesellschaft sicherer wähnte."

Jetzt fühlte ich mich schrecklich. Hätte ich sie retten können, wenn ich nicht vor ihren banalen Katzengeschichten geflüchtet wäre?

„Das sind eine Menge Vermutungen", sagte Mom und streichelte mir über die Schulter, als wüsste sie, dass ich mir ein wenig die Schuld an Rhondas

Schicksal gab. „Du hast recht, dass das alles höchst verdächtig ist, aber mit Sicherheit wissen wir gar nichts."

Ich versuchte, die Schuldgefühle auszublenden und mich auf die Fakten zu konzentrieren. Ob ich eine Rolle in der ganzen Geschichte gespielt hatte oder nicht, ich konnte nichts mehr für diese arme einsame Frau tun, die ihre Katze mehr als alles andere auf der Welt geliebt hatte. Ich konnte nur dafür sorgen, dass ihr Mörder, gefasst und bestraft werden würde.

„Sie trug eine Halskette, als wir uns im Speisewagen trafen, aber die war weg, als Octocat und ich vermutlich nur wenige Minuten nach ihrer Ermordung hereinkamen", erinnerte ich mich, nun wieder fest entschlossen, unsere Ermittlung voranzutreiben.

Mom runzelte die Stirn und legte den Planer dort ab, wo sie ihn ursprünglich gefunden hatte. „Eine fehlende Halskette. Ein kurzer Ausstieg in Bangor. Ein geänderter Reiseplan. Fünf Stichwunden. Das sind viele kleine Puzzleteile, aber für mich passen die alle noch nicht zusammen."

„Vergiss die verstörte Katze nicht. Ohne Grizabellas Schreie hätten wir überhaupt nichts bemerkt." Obgleich sich die Himalayakatze im Zugbistro zunächst äußerst kühl gegeben hatte, ließ ihre Reaktion auf Rhondas Tod doch darauf schließen, dass sie die Liebe ihrer Besitzerin gleichermaßen erwiderte.

„Das ist ja interessant. Könnte es ein eifersüchtiger Konkurrent von der Katzenshow sein?", spekulierte Mom, nahm mir den Planer ab und hielt ihn mit beiden Händen fest. „Sie waren ja auf dem Weg zu einer Ausstellung. Vielleicht hat sie jemand bedroht, damit sie dieses Jahr nicht teilnehmen und eine andere Katze gewinnen kann."

„Ich glaube nicht, dass es bei Katzenshows genauso brutal zugeht wie bei Schönheitswettbewerben", sagte ich und musste ein wenig lachen, was irgendwie guttat, schließlich war das Ganze hier schon Horror genug. „Aber es ist keine schlechte Theorie. Ein eifersüchtiger Nebenbuhler hat sie umgebracht und dann die Halskette gestohlen, damit es wie ein Raubüberfall aussieht."

Meine Mutter nickte mit grimmiger Miene. „Es klingt vollkommen absurd, jemanden deswegen umzubringen, aber womöglich gibt es noch ein paar absurdere Gründe – viele jedoch sicher nicht."

Die Tür schwang so plötzlich auf, dass wir beide erschrocken zusammenzuckten und mir das Herz bis zum Hals klopfte.

„Halloooooo!", rief eine junge Männerstimme. Dann keuchte er auf und stammelte ziemlich piepsig: „Ach du liebe Zeit, dieser verrückte Typ hat sich das doch nicht bloß ausgedacht." Er betrat das Abteil und hielt seine laternenähnliche Lampe hoch, deren Schein auf die Leiche fiel. Sein roter Lockenschopf kam mir sofort bekannt vor. Es war der Servicemitarbeiter aus dem Bistro, bei dem ich beinahe etwas zu essen bestellt hätte, bevor Rhonda mich abfing.

„Hallo. Dieser verrückte Typ ist mein Mann", sagte Mom und winkte ihm freundlich zu.

Der junge Kerl, der höchstens Anfang zwanzig sein konnte, taumelte zurück und legte sich schockiert eine Hand auf die Brust. „Himmel, haben sie mich erschreckt! Ich dachte, die Tote würden wieder auferstehen."

Okay, der Kleine hatte in seiner Jugend wohl zu viele Zombiefilme gesehen. Außerdem hatte er Zugang zum Speisewagen mitsamt allen Messern. Könnte er der Mörder sein, der an den Ort des Verbrechens zurückkehrte? Wenn ja, könnten Mom und ich es sicherlich mit ihm aufnehmen. Nicht dass ich mich auf einen Kampf auf Leben und Tod einlassen wollte ... weder jetzt noch irgendwann.

„Was machen Sie hier?" Ich musterte ihn eingehend. Seine blasse, unreine Haut sah im Schein der Laterne grässlich aus, und seine dünnen Arme schienen gar nicht kräftig genug zu sein, um die Wunden zu verursachen, die Rhondas Körper aufwies. Andererseits konnten junge Mütter sogar ganze Fahrzeuge anheben, um ihr Baby zu befreien – das hatte ich zumindest mal gehört.

„Mein Chef hat mich geschickt, um zu überprüfen, was hier los ist. Er sagte, dass …" Er hielt abrupt inne und hob die Lampe höher. „Ha! Nette Art, mich abzulenken. Was machen Sie denn hier drin, allein mit einer Leiche?"

Mit einem großen Schritt trat er zurück in den Flur, und in seinem eben noch vorwurfsvollen Gesichtsausdruck lag nun blanker Terror. „Moment mal. Haben Sie sie getötet? Wollen Sie mich auch töten?"

„Tja, das kommt darauf an …", entgegnete Mom und ging langsam auf den verängstigten Angestellten zu.

Ach du Schreck! Was ging denn jetzt ab?

9

„M om", rief ich und stupste sie gleichzeitig mit dem Ellbogen an.

„Das war nur ein Scherz", versicherte ich dem jungen Bahnmitarbeiter. Er wäre heute sicher nicht zur Arbeit erschienen, wenn er geahnt hätte, dass er es mit einer Leiche und einer verrückten Kleinstadtreporterin zu tun bekommen würde. Und Moms Versuch, die Situation durch etwas Humor aufzulockern, hatte definitiv das Gegenteil bewirkt.

Sie sagte nichts, also versuchte ich nervös, ihm die Lage zu erklären, hob sogar die Hände, um zu zeigen, dass wir ihm nichts Böses wollten. „Wir waren diejenigen, die die Leiche entdeckt haben. Mein Vater ist losgezogen, um es Ihrem Chef mitzuteilen. Währenddessen sind wir hiergeblieben, damit niemand zum Tatort vordringt. Sie arbeiten doch im Speisewagen, oder? Ich glaube, ich habe Sie vorhin dort gesehen. Wie ist Ihr Name?"

In geduckter Haltung trat er wieder einen Schritt näher an uns heran. „Ja, das stimmt. Mein Name ist Dan, und ich versuche nur, meinen Job zu machen und, na ja, dabei nicht ermordet zu werden."

„Tun wir das nicht alle?", meinte Mom trocken, und ich stieß ihr erneut in die Rippen.

„Ich bin Angie und arbeite als Privatdetektivin in Maine. Die Verstorbene ist Rhonda Lou Ella Smith. Ich habe sie heute zufällig hier im Zug kennengelernt. Vielleicht hast du uns zusammen im Bistro gesehen", sagte ich und wechselte zum Du.

Dan nickte und lächelte dabei sogar ansatzweise. „Ja. Ja, ich glaube schon."

Sehr gut, er hatte mich erkannt und entspannte sich ein wenig. Hoffentlich würde er jetzt nicht mehr denken, dass wir die Mörder sind, damit wir ein vernünftiges Gespräch mit ihm führen konnten.

„Ich versuche, so viel wie möglich herauszufinden, damit ich den Fall der Polizei übergeben kann, wenn sie eintrifft", fuhr ich fort und deutete auf den Planer, den Mom noch immer festhielt, und auf Rhondas Telefon in meiner Hand. „War sie schon lange im Speisewagen, bevor ich reinkam? Und wie lange saß sie noch da, nachdem ich weg war? Ist ir irgendetwas Ungewöhnliches an ihr aufgefallen?"

Dan nahm mir das Telefon ab, tat aber nichts weiter damit, als es an sich zu pressen. Das schien ihn weiter zu beruhigen. Schließlich würden die meisten Mörder keine Beweise aushändigen, die sie möglicherweise überführen könnten.

„Ich weiß nicht", sagte er nach einer kurzen Pause. „Sie wirkte recht normal. Seltsam, aber normal."

„Inwiefern seltsam?", forschte ich nach und behielt das Telefon im Auge. Das würde ich gleich wieder brauchen.

„Sie sprach ständig mit ihrer Katze, als wäre sie ein Mensch. Ich habe bemerkt, dass die Leute sie deswegen komisch angeschaut haben, aber ich fand das irgendwie nett. Vielleicht können Katzen uns ja verstehen, wer weiß das schon, oder?"

„Sicher", sagte ich kühl und war froh, dass Mom das nicht kommentierte. Sie war zwar der Meinung, dass meine Tierflüsterer-Fähigkeiten eine geniale Story abgeben würden und dass ich damit nicht ständig hinter dem Berg halten sollte, respektierte jedoch zumindest, dass ich die Welt lieber nicht in mein Geheimnis einweihen wollte. „Hast du mitbekommen, wann sie den Speisewagen betreten hat und wann sie wieder ging?"

„Sie kam herein direkt nachdem wir den Bahnhof in Bangor verlassen hatten", sagte Dan und nickte zur Bestätigung. „Daran erinnere ich mich genau, denn sie war meine erste Kundin, und sonst gab es keine weiteren Gäste, bis du kurze Zeit später hereinkamst."

„Hast du mit ihr geredet?"

„Nur um ihre Bestellung aufzunehmen, eine große Bestellung."

„Kannst du mir sagen, ob ...?"

Die Tür schwang auf, und mein Vater betrat das Abteil mit den beiden Katzen und einer weiteren Person im Schlepptau. Er schaltete sein Telefon aus, da Dans Laterne ausreichend Licht spendete, und stellte sich neben Mom.

Die Katzen verhielten sich ruhig und beobachteten uns von der Tür aus.

Ich konnte nicht genau erkennen, wer der andere Mann war, da die Krempe seines Hutes einen unheimlichen Schatten auf sein Gesicht malte. Doch als er zu sprechen begann, wusste ich sofort, wen wir da vor uns hatten.

„Wow", japste er und atmete dramatisch aus. „Man liest über so was. Man schreibt darüber. Aber man denkt doch nie, dass man jemals in einen echten Mordfall hineinstolpern würde. Und das auch noch in einem Zug. Das ist so was von Agatha Christie!"

„Ruhig, Tolstoi. Hier ist eben ein Mord geschehen. Seien Sie dem Opfer gegenüber bitte etwas respektvoller“, mahnte mein Vater und legte seinen Arm schützend um Moms Taille.

„Wer ist dieser Mann?“, fragte Dan und schwenkte seine Lampe in Richtung des Schriftstellers, der sich selbst zu dieser vertraulichen Szene eingeladen hatte.

„Mein Name ist Melvin Meyer. Den sollten Sie sich merken, denn eines Tages wird er ganz oben auf der Bestsellerliste der New York Times stehen.“ Er unterstrich dies mit theatralischen Gesten, die ich aufgrund der düsteren Lichtverhältnisse zum Glück nicht genau erkennen konnte.

O Mann.

„Das ist ja schön und gut, Melvin“, sagte ich langsam und nachdrücklich. „Aber dies ist ein Tatort, nicht die Grand Central Station. Ich denke, es ist an der Zeit, dass Sie sich wieder an Ihren Platz setzen.“

„Ach, wirklich? Was gibt Ihnen mehr Recht, hier zu sein als mir?“ Er verschränkte die Arme vor der Brust und trat noch näher heran.

„Weil ich Privatdetektivin bin, deshalb.“ Musste ich das wirklich jedem Menschen, der hier hereinplatzte, aufs Neue erklären? Offensichtlich.

Er beugte sich vor, damit er mir direkt in die Augen sehen konnte. „Beweisen Sie es.“ Seine Worte hatten einen herablassenden Beigeschmack. Dieser Kerl hielt sich offenbar nicht nur für etwas Besseres, er schien mich auch noch klein machen zu wollen. Was für ein Lackaffe.

„Wie bitte? Es ist so, weil ich das sage."

Er richtete sich wieder auf. „Zeigen Sie mir eine Visitenkarte oder etwas Ähnliches."

Melvin zog demonstrativ einen Stapel Karten aus seiner Tasche und reichte sie herum. „Sehen Sie, Melvin Meyer, Romanautor. Und jetzt zeigen Sie mir Ihre?"

„Ich habe keine Visitenkarten dabei. Tut mir leid." Vermutlich hätte es ihm gefallen, wenn ich sämtliche meiner Taschen vor ihm ausgeleert hätte, um das zu beweisen. Er schien große Gesten zu lieben und Prosa, die vor Pathos und Schwülstigkeit triefte.

Daraufhin bohrte er mir seinen Zeigefinger so fest in den Oberarm, dass ich wahrscheinlich einen blauen Fleck bekommen würde. „Ah-ha! Wusste ich doch, dass sie nur bluffen."

Mein Vater eilte an meine Seite und starrte Melvin so grimmig an, dass dieser gar nicht anders konnte, als einen Schritt zurückzuweichen.

„Wir können hier jetzt weiter rumstehen und diskutieren, bis der Mörder auch uns kaltmacht", brummte mein Vater, ohne den Schriftsteller auch nur eine Sekunde aus den Augen zu lassen. „Oder wir können zusammenarbeiten, um diese Sache zu lösen."

„Oooh, das gefällt mir", sagte Melvin und verschränkte die Finger auf eine für meinen Geschmack viel zu gruselige Weise. „Das ist spannendes Material für die Story meines Romans."

Ich verkniff es mir zu seufzen, die Augen zu verdrehen oder gar verzweifelt zu stöhnen. „Sie hatten mich doch vorhin nach verdächtigen Figuren gefragt. Also warum ziehen Sie nicht los und suchen welche?"

„Es ging doch gar nicht um irgendwelche Figuren. Ich habe meine Figuren alle im Griff, keine Sorge. Ich habe nach Synonymen gesucht."

„Tun Sie einfach, was sie sagt, J. D. Salinger", knurrte mein Vater und trat einen weiteren Schritt nach vorne, sodass er bedrohlich nah vor Melvin stand.

Dieser wich jedoch kein bisschen zurück, und ein Lächeln huschte über sein Gesicht. „Sie wollen mich wohl beleidigen, indem Sie mich mit den Namen klassischer Schriftsteller ansprechen, aber das zieht bei mir nicht, im Gegenteil, ich fühle mich geehrt."

Daraufhin platzte meinem Dad der Kragen, und er ließ ein paar echte Beleidigungen los.

Ich wandte mich an Dan, um diesem ganzen

Macho-Gehabe – oder was auch immer es war – ein Ende zu setzen. „Können Sie bitte zu Ihrem Chef gehen und ihm berichten, was passiert ist? Vielleicht weiß er auch schon, ob wir bald weiterfahren können, oder vielleicht kann er die Polizei zu uns schicken oder irgendetwas tun, um uns zu helfen.“

„Kann ich machen“, sagte er und hielt lächelnd den Daumen hoch. Wenigstens war er kooperativer als Melvin Meyer. Der aufgeblasene Schriftsteller würde uns bei den Ermittlungen zweifellos nur im Weg stehen.

„Großartig. Vielen Dank.“ Ich schob sie beide zur Tür. „Oh, und noch eine letzte Sache. Bitte erwähnt den anderen Passagieren gegenüber nichts. Es gibt keinen Grund, eine Panik auszulösen.“

„Lasst sie im Dunkeln darüber“, kicherte meine Mutter. Wie passend. Typisch Mom. Auch wenn sie und Grandma nicht blutsverwandt waren, gab es manchmal einfach unverkennbare Ähnlichkeiten zwischen ihnen. Mom war, wenngleich deutlich pragmatischer und normaler als Grandma und ich, eindeutig vom gleichen Schlag.

Wir waren eine Familie, und nichts – nicht einmal die unlängst aufgedeckten Geheimnisse der Vergangenheit – konnte daran etwas ändern.

10

Nachdem Dan und Melvin gegangen waren, schloss ich die Tür hinter ihnen und verriegelte das Drehschloss, damit wir unsere Untersuchung ungestört fortsetzen konnten.

„Mom, Dad, könntet ihr das Abteil weiter durchsuchen? Ich werde mal nachhaken, ob die Katzen neue Informationen für uns haben", sagte ich, als ich die Schritte der sich entfernenden Männer auf dem Flur nicht mehr hörte.

„Oh, sicher, Schatz", antwortete meine Mutter. „Wir passen auf, dass wir dir nicht in die Quere kommen, Miss Pet Whisperer P.I." Sie war diejenige, die sich diesen Namen für Octocats und meine Detektei ausgedacht hatte, und sie war unheimlich stolz darauf – auch wenn ich ihn insgeheim hasste.

Ich wollte mein Geheimnis doch nicht herumposaunen! Deshalb tat ich so, als wäre es nur ein Gag, aber langsam fragte ich mich, ob der ungewöhnliche Name der Grund dafür war, dass unsere Firma bis heute keinen einzigen zahlenden Kunden gewonnen hatte.

„Kommt, wir setzen uns aufs Bett, damit wir nicht im Weg sind", sagte ich zu den Katzen, wäre jedoch im nächsten Moment beinahe mit meinem Vater zusammengestoßen, der sich angesprochen gefühlt hatte.

Ich lachte leise über das Missgeschick. Für ihn war meine Kommunikation mit den Tieren und meine Arbeit als Privatdetektivin noch ziemlich neu und gewöhnungsbedürftig.

„Oh, du meintest …" Er schwenkte seine Lampe in Richtung Grizabella, die ihn erschrocken anfauchte.

„Na dann viel Spaß", sagte er trocken und wich langsam zurück.

„Warum hast du ihn angefaucht?", fragte ich die Himalayan und kniff irritiert die Augen zusammen.

„Er hat mir direkt ins Gesicht geleuchtet – das war unangenehm!"

Autsch. Na gut.

„Tut mir leid, er hat es nicht so gemeint." Wieder überlegte ich, ob ich sie streicheln sollte, um sie zu trösten, aber auch jetzt entschied ich mich dagegen. Ich hatte den leisen Verdacht, dass Grizabella mich nicht sonderlich mochte, und wollte das während unserer laufenden Ermittlung ungern bestätigt bekommen.

Wir ließen uns auf dem Bett nieder, das völlig unberührt aussah, also hatte sich Rhonda vermutlich noch nicht aufs Ohr gelegt, bevor sie auf ihren Mörder traf. Die Katzen legten sich jeweils auf ein Kissen, und ich setzte mich ans Fußende.

„Okay, was habt ihr draußen im Zug herausgefunden?" Ich konnte ihre vagen Umrisse im Lichtschein der Handys meiner Eltern ausmachen.

„Nichts", antwortete Grizabella mit nahezu gelangweilter Stimme.

„Aber ihr seid meinem Dad die ganze Zeit gefolgt, oder?"

„Das sind wir", versicherte mir Octocat. „Jedoch gab es da nichts, was unsere Aufmerksamkeit erregt hätte."

Das hatte ich nicht erwartet. Ich hätte darauf gewettet, dass sie irgendetwas Hilfreiches entdecken würden. „Hast du nicht irgendjemanden bemerkt, der dir bekannt vorkam oder der vertraut klang oder roch, Grizz?"

Sie knurrte mich aus ihrer dunklen Ecke bedrohlich an. „Nenn mich nicht Grizz. Mein Name ist Grizabella, und nein, ich habe nichts bemerkt. Wie ich schon sagte. Das ist schwer für mich, also mach es mir bitte nicht noch schwerer."

Meine Güte, sie machte es einem wirklich nicht leicht, ihr zu helfen.

Ich holte tief Luft und rief mir in Erinnerung, dass sie trauerte und wahrscheinlich noch viel erschütterter über den Mord an Rhonda war als Octocat und ich. Wir hatten in der Vergangenheit schon mehrere Todesfälle untersucht, aber Grizabella hatte noch nie mit so was zu tun gehabt.

Warum auch? Warum sollte irgendwer mit so was zu tun haben?

„Es tut mir leid", sagte ich und hoffte, sie würde mir glauben, dass ich es ehrlich meinte. Es tat mir wirklich leid, was sie bereits durchgemacht hatte und was ihr noch alles bevorstand, bis dieser Fall abgeschlossen war. „Es fällt mir nur schwer zu glauben, dass es sich um einen einfachen Raubüberfall handelt. Jemand wollte Rhondas Tod, und ich will wissen, warum."

„Sieh dir das an!", rief Mom, die ihren Kopf aus der Tür des kleinen Badezimmers steckte. Hinter ihr tauchte mein Vater auf, der die Lampe auf einen Gegenstand in ihren Händen richtete. Eine kunstvoll geschnitzte, hölzerne Schmuckschatulle.

„Ich glaube nicht, dass es ein Raubüberfall war",

murmelte sie und bestätigte mir damit meine Vermutung. „Das hier würde sicher kein Dieb zurücklassen. Die Diamanten und Edelsteine darin sind sicher ein paar Tausend Dollar wert."

Sie hielt verschiedene Halsketten, Armbänder und Ohrringe hoch, ein Stück schöner als das andere und zum Teil mit riesigen Saphiren besetzt. Und wieder fragte ich mich, ob sie das Blau passend zu den Augen ihrer Katze gewählt hatte.

„Das ist alles Silberschmuck", sagte ich. „Aber die Halskette, die sie trug, als ich sie im Speisewagen traf, war aus Gold und Perlen."

Mama durchsuchte die Kiste und schüttelte den Kopf. „Nein, die ist definitiv nicht hier drin."

Grizabella, die weiterhin auf dem Kopfkissen thronte, ergriff das Wort: „Die Halskette, die sie heute trug, war ihr wertvollster Besitz. Ein bedeutsames Familienerbstück, das ihr von ihrer Großmutter vererbt wurde."

„Der Täter hatte es anscheinend nur auf dieses Erbstück abgesehen, nicht auf die anderen, vermutlich noch wertvolleren Schmucksachen", fasste ich für meine Eltern zusammen, die Grizabella natürlich nicht verstanden hatten, und rieb mir das Kinn, während ich versuchte, mir einen Reim auf all das zu machen.

„Oder der Mörder hatte ein ganz anderes Motiv

und hat die Halskette einfach mitgenommen, weil sich ihm die Gelegenheit bot, wollte das Abteil aber nicht nach weiteren Wertgegenständen durchsuchen", spekulierte Mom.

Papa umarmte sie von hinten und küsste ihren Hals. „Ich liebe es, dich in Aktion zu sehen. Du bist so clever."

„Das ist jetzt nicht der richtige Zeitpunkt, Leute", fuhr ich sie entnervt an und sah schnell weg. Mussten sie ihre Zuneigung denn immer so zur Schau stellen?

„Wir haben hier eine Leiche vor uns." Ich nickte in Rhondas Richtung und hoffte, dass sie in dem trüben Licht meinen missbilligenden Gesichtsausdruck sehen würden.

„Sorry, wir suchen jetzt weiter", meinte Dad entschuldigend, während Mom sich umdrehte, um die Schmuckschatulle zurück ins Badezimmer zu bringen.

„Grizabella", sagte Octocat sanft. „Würdest du uns etwas über dein Leben mit Rhonda erzählen? Was für Sachen habt ihr gemacht? An welchen Orten seid ihr gewesen?"

Das hatte er gut eingefädelt, zumal wir die Himalayan schlecht fragen konnten, wer ihrer Besitzerin den Tod gewünscht hätte, sonst hätte sie voraussichtlich sofort dichtgemacht oder es hätte sie emotional wieder völlig mitgenommen.

Die Katze antwortete mit einem Lächeln in der Stimme. „Rhonda war ein sehr liebes Frauchen. Wir sind ständig gereist, meistens mit dem Zug. Manchmal auch mit dem Flugzeug, First Class natürlich. Meistens gingen wir zu Katzenausstellungen, aber manchmal fuhren wir auch nur zu verschiedenen Locations, um Fotos von mir in einer neuen Umgebung aufzunehmen. Ich glaube, es fiel Rhonda schwer, an einem Ort zu bleiben, weil ihr dann bewusst wurde, wie einsam sie eigentlich war."

Oh, das waren wertvolle Informationen. Wenn Grizabella bereit war, ihre Ausführungen zu vertiefen, würden wir sicher bald etwas Wichtiges erfahren.

„Wie meinst du das?", fragte ich leise.

„Als ich zu Rhonda kam, war ich noch ein ganz kleines Kätzchen, und in den fünf Menschenjahren, die ich bei ihr lebte, war sie meine Welt. In dieser ganzen Zeit hatte sie nie Besuch, nie ein Date und hat nie etwas von dem getan, was die Menschen in Fernsehsendungen und Filmen so machen."

„Ich sehe auch gerne fern", mischte sich Octocat ein. „Magst du Law & Order? Das ist meine Lieblingsserie."

„Um Himmels willen, nein", antwortete die

Kätzin entsetzt. „Ich mag viel lieber was fürs Herz als Mord und Totschlag."

Octocat überlegte einen Moment, wie er die Kurve kriegen konnte. „Oh, okay, gut. Hast du Harry und Sally gesehen? Ich mag die Stelle sehr, wo sie ..."

„Octavius", unterbrach ich ihn. Ich ging davon aus, dass er in Anwesenheit der kultivierten Lady seinen ausgefalleneren Namen bevorzugte. „Dafür ist jetzt wirklich nicht der richtige Zeitpunkt. Wir müssen mehr über Rhonda erfahren. Das ist jetzt das Wichtigste."

„Danke", sagte Grizabella und überraschte mich mit ihrer Höflichkeit und Zustimmung.

„Normalerweise unterhalte ich mich gerne über pikante Szenen, aber normalerweise sitzt mein Frauchen auch gesund und munter neben mir. Oh, mein armes Frauchen..." Sie verstummte zunächst, aber dann stieß sie den gleichen schrecklichen Schrei aus, der uns ursprünglich hierher geführt hatte.

„O nein, o nein! Was soll jetzt bloß aus mir werden, wo sie nicht mehr da ist?"

Ich wünschte, ich hätte ihr darauf eine Antwort geben können, aber leider wusste ich es genauso wenig wie Grizabella. Und dass Ronda offenbar eine extreme Einzelgängerin gewesen war, machte es umso schwieriger.

11

Grizabella heulte erneut auf.

„Was ist los?", riefen meine Eltern wie aus einem Munde.

„Alles in Ordnung", versicherte ich ihnen. „Also, na ja, nicht wirklich. Sie hat nur gerade realisiert, dass sie nicht weiß, was aus ihr werden soll, wo ihre Besitzerin jetzt nicht mehr da ist."

„Oh, das arme süße Ding." Mom ging zu der trauernden Himalayakatze hinüber und streichelte sie. „So ein hübsches Mädchen wie du wird schnell ein neues Zuhause finden."

Grizabella hörte auf zu jammern, wich den Streichelversuchen meiner Mutter jedoch ruckartig aus. „Ich will kein neues Zuhause. Ich will mein altes Leben mit meinem Frauchen zurück."

Das brach mir beinahe das Herz. Seit der Entdeckung von Rhondas Leiche hatten wir uns nur darum bemüht, ihren Mord aufzuklären. Keiner von uns hatte sich Zeit für die nun verwaiste Grizabella genommen.

„Rhonda hat dich sehr geliebt, das ist unverkennbar. Himmel, sie hat sogar einen Fan-Account für dich auf Instagram eingerichtet, und der hat mehr als zweitausend Follower.“

„Ja, aber das sind Fans“, antwortete die Katze verächtlich. „Ich kenne keinen einzigen von ihnen persönlich.“

„Angela wird sich schon etwas einfallen lassen“, versprach Octocat und schnurrte, um ihr zu zeigen, dass alles gut werden würde. „Das tut sie immer.“

Jemand auf dem Gang versuchte, die Tür zu unserem Abteil zu öffnen, und hämmerte dann dagegen, was unserem tiefgründigen Gespräch ein jähes Ende bereitete.

„Hey“, hörte ich Dan mit seiner piepsigen, pubertären Stimme rufen. „Warum ist das Ding abgeschlossen?“

Erneut hämmerte er hektisch dagegen, und mein Dad beeilte sich, ihn hereinzulassen. „Sorry!“

„Wir wollten nicht, dass jemand zufällig hereinkommt“, erklärte ich und verschwieg ihm, dass ich auch nicht gewollt hatte, dass jemand mein

Geheimnis erfuhr. „Was ist los? Was sagt der Zugführer?“

Dan starrte die Tür an, als hätte sie ihn persönlich beleidigt, dann wandte er sich wieder uns zu, wobei er seine laternenartige Lampe in die Höhe hielt. „Die Polizei ist auf dem Weg, aber es könnte eine Weile dauern, da wir in der Pampa liegengeblieben sind. War doch klar, oder?“

„Ja“, sagte ich freundlich, während ich versuchte, mich an die ungewohnte Helligkeit zu gewöhnen. „Gibt es sonst noch etwas? Weißt du, warum der Zug stehengeblieben ist?“

Er schüttelte besorgt den Kopf. „Nur, dass irgendwie daran herumgepfuscht worden ist. Wer auch immer es war, er wusste, was er tat, und hat dafür gesorgt, dass es nahezu unmöglich ist, den Zug wieder in Gang zu bringen. Dafür ist ein erfahrener Mechaniker, der sich mit diesem Zugtyp auskennt, nötig.“

Mist.

Dans Miene hellte sich auf und er schwenkte spielerisch seine Laterne. „Ich habe aber auch eine gute Nachricht.“

Octocat kletterte auf meinen Schoß, und durch die Ruhe, die er verströmte, schöpfte ich gleich neuen Mut. Mir fiel auf, dass wir uns bei diesem Fall, anders als sonst, noch kein bisschen gestritten hatten. Vielleicht waren wir dabei, uns als Team weiterzuentwickeln.

„Ja dann raus mit der Sprache!“, fuhr meine Mutter ihn ungehalten an. Sie mochte dramatische Pausen nur, wenn sie selbst diejenige war, die diese einsetzte.

„Wir werden bald wieder Strom und Licht haben“, teilte uns Dan eingeschüchtert mit. „Jemand hat ein paar Kabel durchgeschnitten, aber wir haben schon einen Passagier gefunden, der angeblich weiß, wie man das repariert. Er arbeitet gerade daran.“

„Das ist wirklich eine gute Nachricht“, meinte Mom daraufhin und leuchtete mich mit ihrer Taschenlampe an. „Und ein Glück für alle, die Ihren Handy-Akku geschickterweise vor der Reise nicht aufgeladen haben.“

Ich stöhnte und kniff mir in den Nasenrücken. Einen Migräneschub konnte ich im Moment echt nicht gebrauchen. „Wenigstens scheint es jetzt aufwärts zu gehen“, rief ich in die Runde.

„Ihr Mädels bleibt hier drin“, ordnete mein Dad an und ging zur Tür. „Dan, du kommst mit mir, und bring diese mega Laterne mit.“

Ich rannte ihm hinterher, weil ich nicht zurückbleiben wollte. „Entschuldige mal. Lass diesen Macho-Quatsch. Wenn du gehst, komme ich mit. Was hast du denn vor?“

Mein Vater seufzte und stütze sich mit der Hand an der Wand ab. „Warum bist du immer gleich so negativ? Ich habe Dan gebeten, weil er die beste Lampe hat und wir die brauchen werden."

Ja sicher, aber ich hatte nun wirklich keine Lust, Däumchen zu drehen, während er meine Ermittlungen übernahm. Ich wandte mich an den jungen Bahnmitarbeiter und streckte bittend meine Hände aus. „Dan, darf ich mir deine Lampe ausleihen?"

Widerwillig übergab er sie mir, und ich warf Dad ein triumphierendes Lächeln zu. „Also, was hast du vor?"

Er lachte in sich hinein und stieß einen leisen Pfiff aus. „Du bist manchmal genau wie deine Mutter. Komm, wir sehen uns mal ein wenig draußen vor dem Zug um."

„Bleibst du bei meiner Frau?", wandte sich mein Vater an Dan, und sie tauschten vielsagende Blicke aus.

„Ich komme auch mit!", rief Octocat, sprang vom Bett und kam hinter uns her.

„Ich bleibe lieber hier", meinte Grizabella und verschränkte die Vorderpfoten.

„Los geht's, Dad!" Ich trug die Laterne vor mir her, während ich ihm zum Ende des Wagens folgte. Dort fanden wir zwar einen Ausgang nach draußen, doch schien er fest verschlossen zu sein. Im nächsten Wagen war die Tür bereits einen Spalt breit geöffnet.

„Hoffentlich war das nur jemand, der ganz dringend eine Zigarette brauchte", sagte Dad achselzuckend und zog die Tür weit genug auf, dass wir in den Tunnel gelangen konnten.

Auf beiden Seiten des Zuges war es so eng, dass wir nur mit Mühe nebeneinander hergehen konnten. Die nahen Steinmauern schufen eine erdrückende Atmosphäre in der finsteren Röhre, als wären wir lebendig begraben worden. Gruselig.

Wir untersuchten den Schotter neben den Gleisen, bis mein Vater unvermittelt stehenblieb und mir eine Stopphand vorhielt. Mit der anderen Hand zeigte er auf etwas einige Meter vor uns. „Blut."

Und tatsächlich: Auf dem Gleisbett verteilten sich dunkelrote Tropfen. Noch gruseliger.

„Hast du vorher schon welche gesehen?", fragte Dad und schwenkte das Licht seines Telefons in Richtung des Ausgangs, den wir benutzt hatten.

Ich schüttelte wortlos den Kopf und ging weiter, um zu sehen, ob die Blutstropfen eine Spur bildeten.

„Bleib bei mir", rief Dad, und ein Zittern lag in seiner kräftigen Stimme. „Wir wissen nicht, wie nah der Mörder noch ist. Nach allem, was wir wissen, könnte er sich genau hier im Tunnel verstecken, nur wenige Meter von uns entfernt. Und ich werde nicht das Risiko eingehen, dich zu verlieren."

Ich schluckte und kehrte an seine Seite zurück.

Er legte seinen Arm um meine Schultern und zog mich an sich. „Wir machen das zusammen. Okay? Du gibst mir Rückendeckung und ich dir."

„Oh, wie schön für euch. Aber ich sehe mir das jetzt selbst an", informierte uns Octocat und trabte in die Richtung, in die ich mich nicht vorgewagt hatte.

Auch wenn es mich beunruhigte, dass er auf eigene Faust loszog, sah ich keinen Grund für einen Mörder, einer normalen, herumstreunenden Katze etwas anzutun. Der Täter konnte überhaupt nicht wissen, dass Octocat in dem Fall ermittelte.

Dad und ich bewegten uns langsam voran, wobei ich den Weg ausleuchtete und er den Schotter inspizierte. „Ich sehe kein Blut mehr", sagte er. „Du etwa?"

Dass wir keine weiteren Beweise für das Verbrechen finden konnten, enttäuschte mich maßlos. Wenn sich die Blutspur fortgesetzt hätte, wüssten wir wenigstens, dass der Mörder den Zug verlassen hatte – und wir könnten ihr vielleicht sogar folgen, um ihn zu finden.

„Nein", antwortete ich mit einem verzweifelten Seufzer. „Jemand war definitiv hier draußen, und da der Ausgang und das Blut so nah an Rhondas Abteil liegen, vermute ich, dass es unser Mörder war. Aber ich glaube nicht, dass er verletzt wurde. Wahrscheinlich ist ihm etwas von Rhondas Blut von den Händen getropft oder so."

„Aber wenn er das Blut an den Händen gehabt hätte, wäre es dann nicht auch an der Tür gewesen?", meinte Dad und bewegte den schmalen Lichtkegel seines Handys weiter über das Gleisbett. „Und außerdem, woher wissen wir überhaupt, dass der Mörder ein Er ist?"

„Touché", erwiderte ich. „Es könnte definitiv auch eine Frau sein. Aber der Gedanke ist nicht schlecht. Sehen wir uns die Tür genauer an."

Wir erreichten den Einstieg, und ich wollte gerade die Trittstufe erklimmen, als ein durchdringender Schrei aus der Tiefe des Tunnels ertönte.

Der Schrei einer Katze.

„Octocat!", rief ich und sprintete los. Bestimmt war er in Gefahr und ich würde ihn unter keinen Umständen damit allein lassen, was auch immer es war. Nur hoffentlich würde Dad schnell genug hinterherkommen.

12

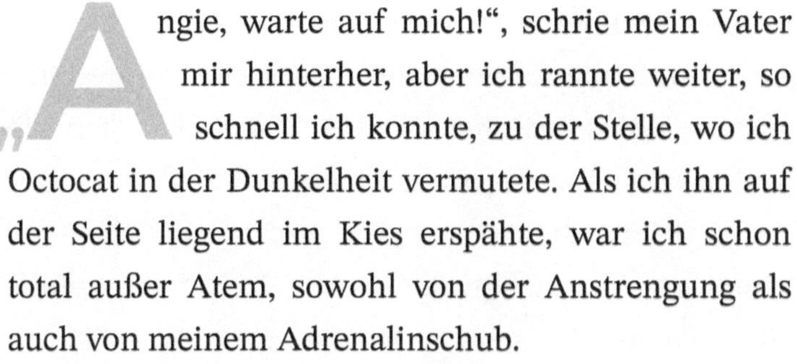

„Angie, warte auf mich!", schrie mein Vater mir hinterher, aber ich rannte weiter, so schnell ich konnte, zu der Stelle, wo ich Octocat in der Dunkelheit vermutete. Als ich ihn auf der Seite liegend im Kies erspähte, war ich schon total außer Atem, sowohl von der Anstrengung als auch von meinem Adrenalinschub.

Bitte sei okay. Bitte sei okay.

Während ich weitere Stoßgebete zum Himmel schickte, nahm ich ihn hoch und drückte ihn an meine Brust. „Was ist passiert? Geht es dir gut? Octocat, rede mit mir!"

„Oh, komm mal wieder runter, ja?", murmelte er kopfschüttelnd, als würden ihm meine verzweifelten Ausrufe Schmerzen bereiten.

„Was ist passiert? Hast du den Mörder gesehen?",

fragte ich und suchte in seinen bernsteinfarbenen Augen nach Antworten.

„Den Mörder? Nein, natürlich nicht. Das hätte ich dir schon gesagt." Er besaß sogar die Frechheit, sich über mich lustig zu machen.

„Warum hast du dann so gekreischt? Ich dachte, du wärst verletzt."

Jetzt, da ich wusste, dass es ihm gutging, hätte ich ihm am liebsten seinen pelzigen Hals umgedreht, weil er mich derart in Angst und Schrecken versetzt hatte.

„Ich bin verletzt", brummte er leise, drehte sich dann in meinen Armen und drückte mir eine Pfote ins Gesicht. „Zwischen meinen Zehen hat sich ein kleiner Stein eingeklemmt. Siehst du?"

„Du hast dieses Spektakel veranstaltet, weil du einen Stein zwischen den Zehen hast?" Ich brüllte ihn im ersten Moment nahezu an, doch dann fiel mir siedend heiß ein, dass ich bei den anderen Fahrgästen im Zug keine Aufmerksamkeit erregen durfte, und senkte meine Stimme auf ein Flüstern.

„Ach komm schon, du weißt doch, wie weh das tut." Er lachte wieder, und es kostete mich all meine Kraft, ihm weiter ruhig zuzuhören. „Kannst du jetzt bitte ein guter Mensch sein und mir dieses Ding da rausholen?"

Rasch zog ich ihm das Steinchen aus der Pfote

und schleuderte es fort, dann setzte ich ihn wieder auf den Boden.

„Danke", sagte er und machte sich mit einem übertriebenen Hinken, das er zweifellos nur vortäuschte, auf den Weg zurück zu der Tür, aus der wir ausgestiegen waren.

„Was ist passiert?", fragte mein Dad voller Sorge.

„Ein dramatischer Unfall. Er hat sich die Zehen verletzt", erklärte ich ihm mürrisch und immer noch mehr als wütend auf Octocat, weil er mich unnötig in Panik versetzt hatte. „Komm, lass uns zurück zu Mom und Dan gehen."

Wir liefen im Gänsemarsch zurück zu der offenen Zugtür, ich voran und mein Vater hinterher. Nachdem wir an Bord waren, blieben wir stehen, um den Türgriff zu untersuchen, konnten jedoch keine Blutspuren auf der glatten Oberfläche entdecken. Allerdings fanden wir welche auf dem Teppich, nur ein paar Meter von der Tür entfernt. Dennoch lagen diese recht weit von Rhondas Abteil entfernt, angesichts der Tatsache, dass jeder Zugwagen um die dreißig Meter lang war.

Höchstwahrscheinlich würden wir noch mehr finden, wenn wir außerhalb des Zuges weiter nachforschten, aber der Vorfall mit den Zehen hatte mir einen gehörigen Schrecken eingejagt. Außerdem hatte es meinem Dad und mir klar vor Augen geführt, wie schutzlos und verletzlich wir da draußen waren.

„Habt ihr etwas gefunden?", fragte Mom, die an der Tür zu Rhondas Zimmer auf uns wartete und ihre Arme um Dad schlang, als wären sie schon tagelang und nicht nur ein paar Minuten getrennt gewesen. „Ich habe etwas gehört und wollte nachsehen, aber Dan hat mich aufgehalten."

„Gut gemacht", lobte mein Vater den jungen Mann mit den roten Locken und gab ihm einen lockeren Fistbump.

„Es ist nichts passiert", beruhigte ich sie. Dann erklärte ich mit zuckersüßer Stimme, die meinen Tiger garantiert verrückt machen würde: „Das kleine Kätzchen hat sich nur an der Pfote verletzt."

„Angela!", rief er entsetzt, wobei ihm der Mund offen stehenblieb. „Doch nicht vor einer anderen Katze!"

Grizabella lachte, was mich ebenfalls zum Lachen brachte.

Dan sah mich fassungslos an, als ob ich reif für die Klapse wäre. Vielleicht war ich das auch.

Ich gab ihm seine Laterne zurück, dann informierte ich alle über die Blutstropfen, die Dad und ich entdeckt hatten. „Habt ihr hier noch etwas herausgefunden?", fragte ich, nachdem ich fertig war.

„Nö. Du warst auch eigentlich gar nicht so lange

weg", antwortete Dan, lehnte sich an die Wand und verschränkte die Arme.

Meine Mutter zuckte mit den Schultern und lächelte mich müde an. „Leider nicht."

Wie sollten wir den Fall jemals lösen, wenn wir weiter hier herumhockten? Jemand musste den Zug durchkämmen, und dieser Jemand war ich.

„Ihr sucht hier weiter und lasst niemanden rein", sagte ich. „Ich werde mich noch einmal im ganzen Zug umschauen."

„Das heißt, du gehst auf eigene Faust?", fragte Dad mit angespannter Miene.

„Ich nehme die Katzen mit", erwiderte ich und erntete damit einen weiteren entgeisterten Blick von Dan, der jedoch dankenswerterweise nichts dazu sagte.

Ich sparte mir die Diskussion mit meinem Vater. Es befanden sich Dutzende, vielleicht Hunderte Menschen in diesem Zug. Und nur einer von ihnen war der Mörder. Vorausgesetzt, er hatte sich nicht schon vom Acker gemacht, was zu vermuten stand.

Ich schaltete mein Handy ein, um den Weg etwas auszuleuchten. Noch zwölf Prozent Akku übrig. Dan hatte ja gesagt, das Licht würde bald wieder funktionieren, und ich hoffe inständig, dass das stimmte.

„Warum machen wir schon wieder eine Razzia?", fragte Octocat, und in seiner nasalen Stimme schwang eindeutig Irritation mit. Nach meinem kleinen Trick vorhin war er offenbar nicht mehr so kooperativ. Das störte mich aber nicht sonderlich, denn ich war es schließlich gewohnt, mit einem mürrischen Kater zusammenzuarbeiten. Es fühlte sich jetzt eigentlich wieder normaler an.

„Sie vertraut uns nicht", warf Grizabella ein.

Wir betraten den nächsten Wagen in Richtung des Aussichts- und Speisewagens, und irgendwo dahinter lagen auch unsere ursprünglichen Plätze. Ich vergewisserte mich, dass uns niemand beobachtete, und hielt inne.

„Es ist nicht so, dass ich euch nicht vertraue. Natürlich vertraue ich euch. Aber manchmal ist es nicht verkehrt, die Dinge ein zweites Mal unter die Lupe zu nehmen, oder?"

„Aha", antwortete Octocat mit einem aufgebrachten Schwanzschnippen. „Du hast recht. Sie vertraut uns nicht."

„Das habe ich dir doch gesagt", meinte Grizabella und zuckte ebenfalls mit ihrem flauschigen Schwanz. Wie schön, dass sie sich in dieser Sache einig waren.

„Könnt ihr nicht bitte einfach …" Ich seufzte, wollte mir meine Frustration jedoch nicht weiter anmerken lassen, deshalb sagte ich freundlich: „Wir arbeiten doch zusammen, nicht gegeneinander. Wir haben hier alle das gleiche Ziel, also lasst uns auch so handeln.“

Das brachte sie – o Wunder – schnell zum Schweigen.

„Haltet die Augen offen, wenn sich jemand auffällig verhält, und falls das nicht funktioniert, lasst euch etwas anderes einfallen“, bat ich sie, als ich mir sicher war, dass sie nicht weiter auf Konfrontationskurs gehen würden.

„Wie soll das funktionieren?“, beschwerte sich Grizabella, und ich musste mir auf die Zunge beißen, um meinen Vortrag nicht zu wiederholen. So viel zum Thema Zusammenarbeit. Merkte sie denn wirklich nicht, wie sehr ich mich bemühte, ihr zu helfen?

Überraschenderweise ergriff mein Kater für mich Partei. „Sie versucht doch, ihr Bestes zu geben“, flüsterte Octocat. „Es klappt nur nicht besonders gut.“

Grizabella brummte, folgte mir aber weiter, während ich zum nächsten Wagen marschierte.

O Mann. Ich konnte nur hoffen, dass wir auf unserer Tour durch den Zug etwas finden würden. Es wäre wirklich nicht schlecht, die beiden davon überzeugen zu können, dass ich recht gehabt hatte.

13

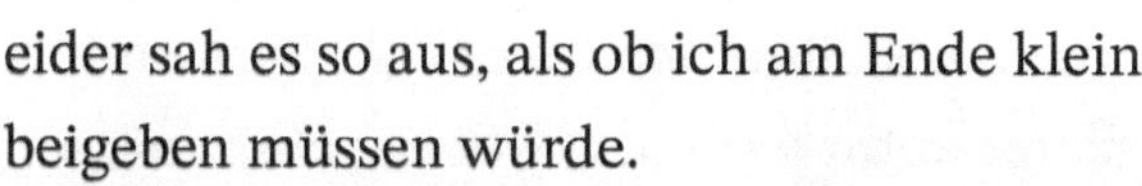

Leider sah es so aus, als ob ich am Ende klein beigeben müssen würde.

Bei der Durchsuchung des Zuges fanden wir nichts, genau wie die Katzen es prophezeit hatten. Die meisten Fahrgäste schienen zu schlafen. Die wenigen, die wach waren, wirkten entspannt und unbesorgt, wahrscheinlich weil sie nichts von der Leiche wussten, die einige Wagen weiter hinten lag.

Ich trommelte meine vierbeinigen Begleiter in einem der engen Wagenübergänge zusammen, um Plan B zu besprechen. „Jetzt sagt mir bitte nicht, dass ihr das schon vorher gewusst habt. Hört mir zu. Wir können nicht einfach allen Leuten ins Gesicht leuchten und sie fragen, ob sie Rhonda getötet haben.“

„Warum nicht?", fragte Grizabella gereizt und setzte sich erschöpft hin.

„Darling, bitte. Überlass das Reden den Profis." Octocat legte ihr eine Pfote über den Mund, um sie zum Schweigen zu bringen. Wow, er musste noch eine Menge über Frauen lernen.

Ihre Retourkutsche kam prompt, indem sie ihn direkt in seinen armen verletzten Zeh biss, was mich zum Lachen brachte. Okay, vielleicht habe ich mich ein bisschen zu sehr darüber amüsiert, aber nach seinem herablassenden Verhalten ihr gegenüber, geschah es ihm doch recht. Außerdem hatte er doch schon mitbekommen, was für eine stolze Persönlichkeit sie war.

Über uns ertönte ein Surren, das die erfolgreiche Reparatur der Elektrik ankündigte. Als sich die Oberlichter wieder einschalteten, vernahmen wir gedämpften Jubel aus den Wagen vor und hinter uns. Die Passagiere, die wach waren, freuten sich, wollten aber ihre schlafenden Sitznachbarn nicht wecken, was durchaus zu unserem Vorteil sein konnte.

„Na, sieh mal einer an", scherzte Octocat, während ich mir die Augen rieb und mir meine Sonnenbrille wünschte. „Wir haben wieder Licht. Dann können wir doch jetzt zu Plan A übergehen."

„Es gibt keinen Plan A", erwiderte ich, immer

noch irritiert von den hellen Punkten die meinem Blickfeld umherschwirrten.

„Warum gibt es dann einen Plan B?"

„Hör mir einfach zu!", motzte ich ihn an. Nun hatte ich wirklich die Nase voll.

Und er anscheinend auch. „Hallo, geht's noch? Du brauchst mich nicht anzuschreien", schnauzte er in seinem typischen überheblichen Tonfall zurück.

„Octavius, bitte", unterbrach uns Grizabella und schmiegte sich an ihn.

Erfreulicherweise verstummte mein Nörgelkater daraufhin. Endlich. Das hatte Grizabella clever arrangiert.

Sie nickte mir zu, damit ich mit meinen Ausführungen fortfahren konnte.

„Die meisten Fahrgäste schlafen noch", begann ich und behielt Octocat genau im Auge, um sicherzugehen, dass er nicht schon wieder alles torpedierte. „Wenn der Mörder noch an Bord ist, dann hat er oder sie sich bestimmt nicht einfach schlafen gelegt. Dadurch können wir die Personen, auf die wir uns konzentrieren sollten, eingrenzen. Als wir vorhin einfach durch den Zug gegangen sind, konnten wir kein verdächtiges Verhalten feststellen, deswegen denke ich, dass unser nächster Schritt darin bestehen sollte, ein wenig Druck auszuüben."

„Guter Plan. Wie stellst du dir das genau vor?",

fragte Grizabella, während Octocat neben ihr schnurrte.

„Niemand weiß, dass Rhonda tot ist, außer den Leuten, mit denen wir gesprochen haben und natürlich ihrem Killer. Ich schlage vor, wir tun so, als hätten wir eine dringende Nachricht für sie und nutzen das als Vorwand, um mit den wachen Passagieren zu sprechen.“

„Aber mein Frauchen ist doch tot. Wie können wir eine Nachricht für sie haben?“

„Schau mal, das wissen doch nur wir. Die anderen Passagiere ahnen nichts davon, also wird es sie auch nicht beunruhigen, wenn wir sie nach Rhonda fragen, okay?“

Grizabellas Augen leuchteten, als sie mein Vorhaben begriff. „Oh, ja gut!“

„Das heißt, wir fragen einfach jeden, der offensichtlich wach ist, ob er weiß, wo wir Rhonda finden können?“, mischte sich Octocat mit einem breiten Grinsen wieder in das Gespräch ein. Ahh, die Macht der Liebe.

„So ungefähr“, sagte ich. „Ich werde natürlich das Reden übernehmen. Und ihr haltet Augen, Ohren und Nasen offen.“

Grizabella neigte ihren Kopf zur Seite. „Was soll das heißen?“

„Wir sollen aufmerksam sein", übersetzte mein Kater und rollte mit seinen bernsteinfarbenen Augen.

„Sorry", kicherte ich. „Ihr könnt doch Veränderungen in den Hormonen der Leute riechen, nicht wahr? Wenn also jemand auf meine Fragen gestresst reagiert, würdet ihr das bemerken, oder?"

„Ja, Menschen sind superleicht zu durchschauen", antwortete Octocat hochmütig. „Sie sind eben einfach gestrickt."

Ich warf ihm einen bösen Blick zu und wandte mich dann mit einem Lächeln wieder der Himalayan zu. Endlich war sie auf meiner Seite, und das fühlte sich richtig gut an. „Seid ihr bereit?"

„Lasst uns gehen." Sie erhob sich und wartete darauf, dass ich ihr die Tür zum nächsten Wagen öffnete. Wir gingen bis ganz nach vorne durch, sodass wir uns noch ein paar Wagen vor dem mit unseren Sitzplätzen befanden.

„Entschuldigen Sie", wandte ich mich an eine Frau, die mit einer missmutig dreinblickenden Teenagerin zusammensaß, welche in ihr Handy vertieft war. Wahrscheinlich nicht unsere Mörderin, aber ich musste jeden fragen, um keinen Verdacht zu erregen. „Wissen Sie, wo ich Rhonda Lou Ella Smith finde? Ich habe eine dringende Nachricht für sie."

„Nein", antwortete sie mit einem leichten Kopfschütteln. „Tut mir leid. Viel Glück."

Das konnte ich gebrauchen.

Ich sprach mit den unterschiedlichsten Leuten, aber niemand schien den Namen wiederzuerkennen. In den Wagenübergängen tauschte ich mich mit den Katzen aus, um sicherzugehen, dass auch sie nichts bemerkt hatten.

Hatten sie nicht.

Wir betraten den Wagen mit unseren Plätzen, und mir wurde sofort klar, dass es ein hier Problem gab, an das ich nicht gedacht hatte. Mein spezieller Freund, der Schriftsteller Melvin Meyer, stolzierte im Gang auf und ab, führte Selbstgespräche und zog damit die Blicke aller Anwesenden auf sich. Keiner der Fahrgäste schlief. Nicht ein einziger.

„Melvin, was machen Sie denn da?", rief ich und eilte zu ihm hinüber.

„Ich versuche natürlich, den Mord aufzuklären", sagte er und klopfte immer wieder mit einem Stift auf die Finger.

Jemand räusperte sich am anderen Ende des Ganges, und ich kicherte nervös. „Ähm, Melvin. Das ist nicht der beste Zeitpunkt, um Ihren nächsten Roman zu planen. Diese Leute versuchen zu schla-fen." Erneut lachte ich unruhig in mich hinein und schob ihn zum Ende des Wagens. Dabei hoffte und betete ich, dass unser Täter nicht in diesem Wagen saß, da Melvin munter über all die Beweise plapperte, die er schon selbst zusammengetragen oder mitbekommen hatte.

Während wir uns dem Vorraum näherten, flüsterte ich ihm ins Ohr: „Gehen Sie zurück zum Abteil. Dan und meine Eltern sind dort. Sie werden Sie auf den neuesten Stand bringen." Ich hoffte inständig, sie würden diesem Wichtigtuer keine konkreten Details verraten, aber ich musste ihn unbedingt loswerden.

„Zu welchem Abteil?", fragte er und drehte sich zu mir um. Ein unverfrorenes Grinsen glitt über sein Gesicht, als er es begriff. „Oh, der Schauplatz des Mordes."

Ich schob ihn durch die Tür. „Bitte gehen Sie – um Himmels willen – und versuchen Sie, sich unauffällig zu verhalten."

„Hey, ich bin Schriftsteller, kein Schauspieler." Er hob eine Hand über den Kopf und bewegte seinen Finger in der Luft. Was für ein schräger Typ.

Ich sah ihm vom Vorraum aus hinterher und achtete darauf, dass er weiter zu den Schlafwagen durchging, ohne weitere Fahrgäste zu beunruhigen.

Grizabella schritt umher und zuckte ungeduldig mit dem Schwanz. „Was nun?"

„Wir machen weiter und hoffen das Beste." Ich lächelte, denn etwas war mir klar geworden: „Als wir das erste Mal hier vorbeikamen, hat er keine Selbstgespräche auf dem Gang geführt, also muss er erst damit angefangen haben, nachdem das Licht wieder anging. Vorsichtshalber schicke ich meinem Dad eine Nachricht und bitte ihn, Melvin entgegenzugehen und ihn von den anderen Fahrgästen fernzuhalten."

Rasch hämmerte ich den Text in mein Telefon, dessen Ladung jetzt bei nur noch acht Prozent lag. Zumindest hockten wir nicht mehr im Dunkeln, was das Akku-Problem ein wenig entschärfte.

„Lasst uns unsere Suche fortsetzen", ermunterte ich die Katzen und betrat den nächsten Wagen, entschlossener denn je, den Killer zu finden, bevor alles außer Kontrolle geriet, oder besser gesagt, bevor Melvin eine Bombe platzen ließ.

14

ch hatte so viele Leute nach Rhonda gefragt, dass ich nur noch heiser krächzen konnte. Außerdem taten mir die Mundwinkel von all dem gezwungenen Lächeln weh. Die Katzen und ich hatten bereits alle Zugwagen vom allerersten bis zum Bistro abgeklappert und hatten nur noch einige wenige vor uns, bevor wir die Schlafwagen erreichen würden. Es blieben also gar nicht mehr viele Leute übrig, die wir noch befragen konnten.

Komm schon. Komm schon, bitte. Wir müssen etwas finden.

Ich ging noch ein paar Schritte den Gang hinunter und drehte mich dann zu einer älteren Frau mit schulterlangem, schwarzem Haar um. Sie hatte große, braune Augen mit langen Wimpern und musste eine Schönheit gewesen sein, als sie jünger war, denn auch jetzt sah sie noch sehr gut aus. Bekleidet war sie, untypisch für Frauen in ihrem Alter, mit einem Kapuzenpullover, und sie wirkte definitiv nicht wie eine Person, die man mit Rhonda Lou Ella Smith in Verbindung bringen würde, es sei denn, sie war auch eine Katzenliebhaberin.

Ich lächelte, holte tief Luft und beugte mich näher zu ihr, als ich sie ansprach. „Entschuldigen Sie bitte. Wissen Sie, wo ich Rhonda Lou Ella Smith finde?", fragte ich höflich und setzte ein besonders freundliches Lächeln auf.

Sie runzelte die Stirn und murmelte tonlos: „Tut mir leid". Sie wollte wohl ihren schlummernden Sitznachbarn nicht stören. Ich war bei meiner Suche weit weniger rücksichtsvoll gewesen und hatte mehrere Passagiere ungewollt aus dem Schlaf gerissen.

„Wir haben einen Treffer!", raunte Octocat.

„Sie weiß etwas", bestätigte Grizabella mit ihrer melodischen Stimme. „Man riecht es ihr definitiv an."

Showtime.

„Entschuldigen Sie", sprach ich die Frau erneut an, die sich bereits wieder ihrem Taschenbuch zugewandt hatte. „Sind Sie sicher, dass Sie Rhonda nicht kennen? Es ist wirklich ziemlich dringend."

„Nein. Ich würde jetzt gerne weiterlesen", brummte sie und hob ihr Buch höher, um mich auszublenden.

„Sie lügt!", rief Grizabella. „Sie lügt!"

Ich schob das Buch zur Seite und zwang die Frau, mir in die Augen zu sehen. „Es tut mir leid, aber wenn Sie Rhonda nicht kennen, warum sind Sie dann so nervös?"

„Nervös?", fragte sie und lachte dann nervös. Sehr überzeugend. „Ich bin nicht ..."

„Hör auf zu lügen!", kreischte Grizabella, während sie direkt auf den Schoß der Frau sprang und ein schreckliches Fauchen ausstieß.

„G-G-Grizabella?", stotterte die Frau. „Was machst du denn hier?"

„Sie kennen sie also doch!" Ich stellte mich breiter vor sie hin, um sie am Aufstehen zu hindern, falls sie versuchen sollte, sich aus dem Staub zu machen. Möglicherweise hatte ich eine gewalttätige Verbrecherin vor mir, aber zumindest war der Wagen bis zum Rand mit Zeugen gefüllt. Sie würde sich ja wohl nicht trauen, mich vor den anderen ... Oder doch?

Die Frau legte ihr Buch abrupt beiseite. „Was für eine Nachricht ist das? Vielleicht kann ich sie ihr übermitteln."

„Es ist wirklich ziemlich dringend. Würden Sie bitte mit mir kommen? Der Schaffner sucht nach jemandem, der mit Rhonda in Verbindung steht, denn wir brauchen Ihre Hilfe. Dringend." Mir fiel auf, dass ich das Wort „dringend" ständig wiederholte, als wäre es eine Art magisches Passwort. Auch nicht gerade überzeugend.

„Aber ich dachte, Sie hätten eine Nachricht für sie?"

„Ja, und für Sie. Kommen Sie jetzt mit mir, oder soll ich den Sicherheitsdienst rufen?" Ich wusste nicht einmal, ob es in diesem Zug einen Sicherheitsdienst gab, aber die Drohung wirkte, sodass sich die Frau aus ihrem Sitz erhob.

Rasch schrieb ich meiner Mutter verstohlen eine Nachricht und bat sie, im Aussichtswagen auf mich zu warten, damit wir die Frau gemeinsam zu Rhondas Abteil begleiten konnten. Allem Anschein nach war sie die Mörderin und würde möglicherweise versuchen, auch mich bei der ersten Gelegenheit zur Strecke zu bringen.

So sehr ich meinen Katzenpartnern auch vertraute, dass sie mich beschützen wollten, einem Menschen mit einer Waffe und einem Motiv hatten sie nichts entgegenzusetzen. Vielleicht könnte ich sie in ein Gespräch verwickeln, während ich sie vor mir her zu den Schlafwagen dirigierte. Möglicherweise hatte sie noch nicht gemerkt, dass ich sie verdächtigte.

„Ich bin Angie. Der Schaffner hat mich gebeten, auf Grizabella aufzupassen, da ich selbst eine Katze dabeihabe", erklärte ich ihr. Ich wollte es offiziell klingen lassen, dabei kannte ich mich mit den Bezeichnungen für das Zugpersonal überhaupt nicht aus und wusste abgesehen von dem Wort „Schaffner" tatsächlich keine weiteren Begriffe, um die Mitarbeiter zu beschreiben.

„Geht es Rhonda gut?", fragte die Frau und warf mir im Gehen einen Blick über die Schulter zu.

„Oh, ja", log ich, denn ich wollte ihr erst die Wahrheit sagen, wenn ich Verstärkung hatte, und wir an einem ungestörten Ort waren. „Gott sei Dank haben wir Sie gerade noch rechtzeitig gefunden. Sagen Sie, woher kennen Sie sie?"

„Oh, ähm, na ja, sie ist meine Schwester. Meine Halbschwester, besser gesagt." Dann fügte sie hinzu: „Wir haben uns noch nie sehr nahegestanden."

„Ich weiß, wie das ist", sagte ich mit einem Lächeln, falls sie sich wieder umdrehte. Als Einzelkind wusste ich das zwar nicht, aber in dieser Situation war mir jede Notlüge recht – schließlich hing möglicherweise mein Leben davon ab. „Wie heißen Sie?"

„Sariah Smith", murmelte sie. „Dauert das lange?"

„Wir sind fast da", versprach ich, als wir endlich

den Aussichtswagen betraten. Meine Mutter wartete bereits dort.

„Hey, ich kenne Sie“, sagte Sariah und blieb stehen, während sie mit einer Hand auf meine Mutter zeigte. „Sie sind ...“

Mom streckte ihr geistesgegenwärtig die Hand zur Begrüßung entgegen. „Laura Lee, Channel Seven News, mit dem Neuesten aus dem wundervollen Blueberry Bay im wundervollen Staat Maine und jetzt auch von der gesamten Nordostküste.“

„Ich sehe Sie öfters in den Nachrichten“, stotterte Sariah. „Was machen Sie hier? Recherchieren Sie eine Story?“ Sie blickte zurück zum Ausgang, aber Mom legte ihr eine Hand fest auf die Schulter.

Ich ging weiter in Richtung Schlafwagen, aber Sariah folgte mir nicht mehr.

Meine Mutter kam mir zu Hilfe: „Ja, ich recherchiere eine Story. Und ich muss mit Ihnen sprechen. Wenn Sie bitte mitkommen würden.“

„Muss ich dafür vorher nicht so eine Erklärung unterschreiben?“

„Nein. Das hier ist inoffiziell. Kommen Sie.“ Mom schob sie vielleicht ein bisschen zu nachdrücklich vorwärts.

„Wir sind fast da“, versicherte ich ihr erneut und zog sie praktisch mit, während Mom sie von hinten anschob.

„Ich glaube nicht, dass ich ...", stöhnte Sariah. Wenn ich geahnt hätte, dass wir eine Unschuldige vor uns hatten, hätte es mir in dem Moment leidgetan. Aber sie roch schuldig, wie die Katzen mir zuvor versichert hatten, und selbst ich bildete mir ein, es in meiner vergleichsweise schwachen Nase gehabt zu haben.

„Da wären wir", verkündete Mom, kurz bevor Dad die Tür zu Rhondas Abteil von innen aufstieß.

Sariah schrie, als sie Rhondas Leiche erblickte. Sie versuchte wegzurennen, aber meine Mutter und ich konnten das verhindern, indem wir uns in die Tür stellten.

Sariah schluchzte, würgte und schrie wieder. „O mein Gott, was ist mit Rhonda passiert? Hilfe, Hilfe, Hilfe! Ich will hier raus!"

„Wir müssen sie zum Schweigen bringen", rief Dad, während Sariah mich und Mom weiter anschrie und wegschubste. „Was sollen wir tun?"

Melvin stürmte nach vorne, eine Waffe in Hüfthöhe, die er durch seine Jacke verdeckt hielt. Alles, was ich sehen konnte, war eine bedrohliche Ausbeulung und sein zorniger Gesichtsausdruck, was mich davon überzeugte, dass er tatsächlich eine Waffe in der Hand hielt. „Sei still, oder ich sorge dafür, dass du schweigst."

O mein Gott, das konnte doch nicht wahr sein.

Am liebsten hätte ich ihn gefesselt und weggesperrt, damit er keine weiteren Komplikationen verursachen konnte.

Doch dann hörte Sariah auf zu weinen und begann, alles zu beichten.

15

„Beruhigt euch alle", rief mein Vater mit fester Stimme, und ich bewunderte seine Gelassenheit trotz der prekären Umstände. Er trat mutig vor und schob sich zwischen Melvin und Sariah, damit sich die beiden nicht weiter aufregten. „Es gibt keinen Grund für Gewalt."

Melvin trat um ihn herum und starrte Sariah an. „Doch, wenn sie nicht endlich mit der Sprache herausrückt, und zwar sofort."

„Er hätte sie nicht verletzen dürfen!" Große Tränen kullerten über Sariahs Wangen und auf ihr Sweatshirt. „Ihr müsst mir glauben. Ich wusste nicht, dass er sie angreifen würde."

„Wer?", fragte ich von der Tür aus, wobei mir die Angst die Kehle zuschnürte. Wenn Melvin auf Sariah schoss, würde die Kugel wahrscheinlich auch mich treffen, und mir war heute nicht nach Sterben zumute.

„Wer sollte sie nicht verletzen?", wiederholte ich meine Frage, als sie nicht antwortete.

Unsere Zeugin weinte so heftig, dass sie nach vorne taumelte und sich kaum auf den Beinen halten konnte.

Mom stützte Sariah und führte sie zum Bett. „Kommen Sie, meine Liebe, es ist okay, hier sind Sie in Sicherheit."

Melvin folgte ihr, wobei er seine Waffe immer noch drohend unter der Jacke versteckt hielt. „Das ist korrekt. Solange du weiterredest, hast du nichts zu befürchten." Am liebsten hätte ich ihm so richtig einen übergebraten. Kapierte er denn nicht, dass er allen um sich herum Angst einjagte?

Dan drehte das Türschloss um und sah dann meinen Vater an, der die Arme vor der Brust verschränkte und sich breitbeinig vor den einzigen Ausgang des Raumes stellte.

Plötzlich bewegten wir uns alle wie Billardkugeln durch das Abteil und stolperten möglichst weit zurück. Ich rückte in die Nähe von Rhonda, sodass Sariah jedes Mal, wenn sie mit mir sprach, gezwungen sein würde, ihre tote Halbschwester anzusehen. Damit wollte ich sie nicht quälen, sondern nur zur Ehrlichkeit auffordern und daran erinnern, wie viel hier auf dem Spiel stand.

Und nicht nur für sie. Für uns alle.

„Wer sollte sie nicht verletzen?", fasste ich erneut nach, wobei ich mich um einen freundlichen, neutralen Ton bemühte.

Sariah schniefte und schüttelte den Kopf. Ob ich es anders angehen sollte, um sie zum Reden zu bringen, weniger direkt?

„Wissen Sie, ich habe Rhonda kennengelernt", sagte ich mit dem Hauch eines Lächelns. Es kam mir schon viel länger her vor als nur ein paar Stunden. „Wir haben eine Weile zusammen im Speisewagen gesessen und haben über Katzen gesprochen."

Mom reichte Sariah ein Taschentuch aus ihrer Handtasche, und sie schnäuzte sich lautstark. „Das klingt ganz nach Rhonda."

„Ich dachte, Sie hätten sich nicht nahegestanden", sagte ich und versuchte erneut, nicht anklagend zu klingen, obwohl Sariah mit Sicherheit eine Rolle bei den Verbrechen gespielt hatte, die heute Abend in diesem Zug geschehen waren.

Sie schüttelte den Kopf und knüllte das Taschentuch in ihrer Hand zusammen. „Haben wir auch nicht, aber ich folge ihr online. Deshalb habe ich Grizabella erkannt."

Die Katzen. Ich hatte gar nicht darauf geachtet, wohin sie sich verzogen hatten.

„Hier drüben", rief mein Kater aus der Nähe des Badezimmers, als hätte er meine Gedanken gelesen und meine Sorge gespürt, weil ich ihn aus den Augen verloren hatte.

Ich drehte mich zu ihm um und musste lächeln, denn er schien okay zu sein und unbeeindruckt von dem ganzen Tamtam.

Grizabella jedoch starrte Sariah grimmig an. Sie brannte darauf zu erfahren, warum ihrem Frauchen so etwas Schreckliches zugestoßen war.

„Du hast gesagt, dass er sie nicht verletzen sollte", erinnerte ich Sariah abermals, wobei ich dann meine Verhörtaktik änderte: „Was sollte er denn tun?"

Sariah schüttelte den Kopf und schaute mich mit geröteten Augen an. Offenbar hatte die neue Fragestellung sie verwirrt. „Er sollte nur das nehmen, was uns gehört. Mehr nicht."

„Und was war das?"

„Eine Halskette."

Das prächtige Schmuckstück tauchte vor meinem geistigen Auge auf. Perlen, Gold, ein handwerkliches Meisterwerk, aber war es einen Mord wert? Mitnichten.

„Das Familienerbstück?", fragte ich.

„Ja, sie trug die Kette gestern, als wir uns mit ihr

am Bahnhof von Bangor getroffen haben, um mit ihr zu sprechen.“

Es stimmte also tatsächlich. Ich war mir sicher gewesen, sie auf dem Bahnsteig gesehen zu haben, doch jetzt, wo Sariah es uns erzählte, hatte ich endlich das Gefühl, dass die Puzzleteile zusammenpassten. Vielleicht würden wir sogar bald in der Lage sein, das komplette Bild zu erkennen. Ich ahnte, was als Nächstes geschehen war, fragte aber trotzdem. „Worüber habt ihr gesprochen?“

„Wir haben die Halskette zurückverlangt, die sie eigentlich niemals hätte bekommen dürfen.“ Für einen kurzen Moment ballte Sariah beide Hände zu Fäusten und sah mich gleichermaßen wütend und traurig an.

„Ich nehme an, sie hat das abgelehnt.“

„Er hatte kaum zwei Worte gesagt, da wandte sie sich schon wieder ab und lief zurück zum Zug.“

„Was ist dann passiert?“, fragte ich weiter.

Die anderen im Raum gaben keinen Mucks von sich und schienen meinem Gespräch mit Sariah gespannt zu lauschen.

Sie sprach weiter, den Blick nun auf meine Mutter gerichtet. „Er sagte, dass wir die Kette so oder so bekommen würden, und dann folgten wir ihr in den Zug. Er wusste, dass sie nein sagen würde, also hatten wir uns schon vorab Fahrkarten besorgt.“

„Und was war dann Ihr Plan? Was sollten Sie tun, nachdem Rhonda Nein gesagt hatte?"

„Es war allein sein Plan. Ich sollte einen Weg finden, den Zug mitten in der Nacht anzuhalten, damit er ihr einen Besuch abstatten konnte, um sich die Halskette zu holen. Dann wollten wir uns im Aussichtswagen treffen und von dort aus gemeinsam aussteigen."

„Aber Sie sind noch hier", sagte ich mit hochgezogenen Augenbrauen.

Sariah sah mich erneut an. „Ja. Er ist nie aufgetaucht."

Ich zermarterte mir den Kopf, weil ich unbedingt wissen wollte, wer dieser Mann war, aber es gab noch andere Details, die ich zuerst herausfinden musste, denn ich wollte nicht riskieren, dass sie wieder zusammenbrach.

„Warum wollten Sie die Halskette unter allen Umständen haben?"

„Sie gehörte rechtmäßig uns, und war schon seit Generationen im Familienbesitz, lange bevor unsere Vorfahren sich in Amerika niederließen. Sie ist nicht nur ein Vermögen wert, sondern hat für uns auch einen hohen ideellen Wert."

„Es ist also eine Familienangelegenheit, aber Sie haben doch selbst gesagt, dass Rhonda zur Familie gehörte." Ich verschränkte die Arme vor der Brust und hoffte, meinen Worten damit Nachdruck zu verleihen, damit Sariah endlich die Karten auf den Tisch legte und die Identität ihres mysteriösen Verbündeten preisgab.

„Nein." Sie schloss die Augen und ihre Wangen erröteten, aber sie fuhr trotzdem fort. „Ihre Familie hat uns alles weggenommen. Und es war ein heftiger Schlag für uns, als mein Vater ihr statt einem von uns die Halskette gab."

Ich wollte sie nicht unterbrechen und hoffte, dass Sariah von sich aus weitererzählen würde. Da sie das aber nicht tat, kam mir jemand anderes zu Hilfe.

„Was hat ihre Familie der Ihren angetan, Liebes?", fragte meine Mutter, die neben der schluchzenden Zeugin stand. Deren Tränen waren inzwischen einem wütenden Ausdruck gewichen.

„Als ich fünf Jahre alt war, hat mein Vater uns verlassen, um eine neue Familie zu gründen. Er erzählte uns, er habe sich verliebt und die Frau sei schwanger, also habe er keine Wahl. Aber er hatte doch eine Wahl! Er hat sich nur nicht für uns entschieden. Er ging fort und nahm uns alles weg. All das Geld und die Dinge, die uns eigentlich rechtlich zustanden, wurden der neuen Familie zuteil und damit Rhonda. Und nachdem er mir von seinem Plan erzählte, unsere Halskette zurückzubekommen, wollte ich natürlich helfen. Würden Sie das nicht auch?“

„Ich verstehe, worauf Sie hinauswollen“, sagte ich und nickte. „Ich glaube Ihnen auch, dass Sie, obwohl Sie Rhonda hassten, nicht geplant hatten, dass sie stirbt.“

Sie hatte geduckt auf dem Bett gesessen und richtete sich nun auf. Ein Teil der Anspannung schien von ihr abzufallen, und ihre Gesichtszüge lockerten sich.

Was ich ihr gerade gesagt hatte, schien ihr viel zu bedeuten. Jetzt musste sie uns noch die alles entscheidende Informationen liefern. „Können Sie mir einen letzten Gefallen tun und mir sagen, wessen Plan das war? Wir müssen wissen, wer Rhonda getötet hat, damit wir dafür sorgen können, dass Sie und alle anderen in diesem Zug in Sicherheit sind.“

„Er wird mir kein Haar krümmen, vorher bringe ich ihn um.“, sagte Sariah zwischen zusammengebissenen Zähnen, und ich glaubte ihr.

„Aber wer ist er? Wer ist er, Sariah?“, flehte ich sie geradezu an.

„Mein Bruder. Jamison.“

16

Alle Augen waren auf Sariah gerichtet, auch meine.

„So", knurrte sie Melvin an, der seine Waffe immer noch im Anschlag hielt. „Ich habe Ihnen alles gesagt, was ich weiß, also wie wäre es, wenn Sie aufhören, mich mit der Waffe oder dem Messer oder was auch immer Sie da haben, zu bedrohen?"

Melvin kicherte, zog das Teil aus seiner Jacke und warf es neben Sariah aufs Bett, was uns alle zusammenzucken ließ. „Wie heißt es doch so schön? Der Stift ist mächtiger als das Schwert", sagte er mit einem selbstgefälligen Grinsen und kam sich anscheinend besonders schlau vor.

Tatsächlich lag ein goldener Füllfederhalter auf

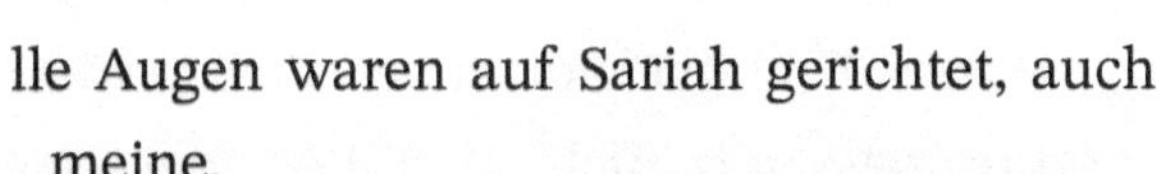

der Bettdecke und glänzte im Licht der Decken-leuchte. Ein Füller!

Der verrückte Melvin hatte uns letzten Endes doch einen nützlichen Dienst erwiesen.

„Reingefallen!", rief er, als würde er gleich in einen manischen Siegestanz ausbrechen.

Ein kollektives Stöhnen ging durch den Raum.

Sariah grinste über die falsche Waffe, hob sie auf und warf sie zurück zu Melvin. „War ja klar."

„Wie haben Sie den Zug angehalten?", fragte mein Dad und ignorierte Melvin dabei geflissentlich.

Unser Schreiberling zog sich zurück, als er merkte, dass wir nicht den Rest der Nacht damit verbringen würden, ihn für seine unglaubliche Heldentat zu beklatschen. Aber unsere Ermittlungen waren noch längst nicht abgeschlossen. Wir hatten den Mörder immer noch nicht gefasst.

„Für eine Maschinenbauingenieurin kein Problem", antwortete Sariah mit einem lässigen Schulterzucken.

„Niemand hat es geschafft, die Maschinen wieder in Gang zu bringen, aber den Strom konnten sie wiederherstellen", sagte Dan, der neben meinem Vater verharrt hatte.

Unsere Zeugin lächelte erschöpft. „Elektrotechnik ist nicht mein Spezialgebiet."

Diese Frau hatte zweifellos einiges auf dem Kasten. Von einem Elternteil verlassen zu werden, war sicher schlimm, aber hatte sie jetzt tatsächlich ein so schlechtes Leben? War es wirklich so übel, dass man nachvollziehen konnte, warum Jamison Rache für die Sünden ihres Vaters nehmen wollte und Rhonda ermordete? Alles in mir sträubte sich dagegen.

Meine eigene Familie hatte auch eine komplizierte Vergangenheit, wie Mom und ich erst vor Kurzem erfahren hatten, und so genau wussten wir ja auch noch nicht, wie sich das damals alles zugetragen hatte. Aber ich würde nie im Leben jemanden körperlich angreifen, um irgendwelche Antworten aus ihm herauszupressen oder gar um mich zu rächen.

Ich war nicht nur Privatdetektivin mit Leib und Seele, sondern Gott sei Dank auch Pazifistin!

„Haben Sie Jamison gesehen, seitdem der Zug zum Stehen kam?", fragte ich, um unsere Ermittlung wieder aufzunehmen.

„Nein. Wie schon gesagt, er ist nicht an unserem Treffpunkt aufgetaucht. Der Idiot hat sich wahrscheinlich ohne mich aus dem Staub gemacht."

„Er hat wahrscheinlich versucht, Ihnen das anzuhängen", meinte Melvin. „Das würde ich an seiner

Stelle auch tun, also wenn er eine Figur in meinem Roman wäre, meine ich."

Als ihm immer noch niemand die ersehnte Aufmerksamkeit schenkte, räusperte er sich und verstummte.

„Wir haben außerhalb des Zuges ein wenig Blut gefunden", sagte mein Vater, woraufhin ihn alle ansahen.

Sariah seufzte und ließ sich auf das Bett zurückfallen, was uns allen einen Schreck versetzte. „Tja, das war's dann wohl. Von meinen beiden Geschwistern in einer Nacht verlassen und verraten. Super."

„Sariah", beschwichtigte meine Mutter sie. „Ich glaube nicht, dass Rhonda Ihnen jemals wehtun wollte. Es ist nicht ihre Schuld, was mit Ihrer Familie passiert ist. Wahrscheinlich war es auch für sie schwer in ihrer Kindheit."

„Sie war immer einsam, die ganze Zeit", jammerte Grizabella leise von ihrem Platz neben dem Badezimmer aus. „Mein armes, armes Frauchen."

Da Sariah Grizabella nicht verstehen konnte, fiel sie ihr ins Wort. „Wie auch immer, ich bin mir sicher, dass die Bullen auf dem Weg sind, um mich zu verhaften, und Jamison kommt mit der ganzen Sache davon."

„Er wird nicht damit davonkommen", versprach ich ihr. „Wir wissen, dass er es war, und ich bin mir sicher, dass die Polizei das auch so sehen wird." Wir hatten den Mord aufgeklärt. Den Bösewicht zu fangen, konnte doch jetzt nicht mehr so schwierig sein, oder?

Sariah setzte sich auf und schüttelte verbittert den Kopf. „Ja, aber er ist auf und davon. Spurlos verschwunden."

„Nicht unbedingt", meldete sich Octocat zu Wort, während er den Raum durchquerte und sich neben mich stellte. „Du weißt ja, dass Katzen den Menschen in so ziemlich jeder Hinsicht überlegen sind, nicht wahr?"

Ich hätte ihm gerne etwas Passendes dazu gesagt, damit er später nicht behauptete, ich hätte ihm zuge-stimmt, aber es befanden sich gerade zu viele Leute im Raum, die mein Geheimnis nicht kannten. Also sah ich ihn stattdessen nur mit großen Augen, die nach einer Erklärung verlangten, an.

Zum Glück verstand er den Wink. „Ja, ja, du willst nicht vor den anderen mit mir reden. Jedenfalls sind Katzen die Größten und Besten, und wir können den frei herumlaufenden Killer finden."

„Ja!", rief Grizabella überschwänglich. „Ja, wir können ihn erschnüffeln. Geniale Idee, mein Schatz."

Octocat wurde ganz still, drehte den Kopf zu ihr und starrte seine Angebetete mit leuchtenden Augen an. „Dein Schatz?"

Sie schmiegte sich an ihn und schnurrte. Ihre ganze Erscheinung wirkte nun sanfter. „Und mein Held.“

Octocat schmolz wie ein riesiges Stück Butter. „Oh, Grizabella. Ich bin so glücklich, dass du mich auch liebst! Ich werde dir meine ganzen Leben widmen. Zumindest alle, die ich noch habe. Ich werde dich nie im Stich lassen. Ich …“

„Wirst du mir helfen, mein Frauchen zu rächen?“, fragte Grizabella mit Nachdruck.

„O ja, Baby.“

Das Liebesgeplänkel der beiden wäre unter anderen Umständen echt niedlich gewesen, aber wir hatten einen Straftäter dingfest zu machen.

„Sariah, ich habe eine Idee“, sagte ich eifrig.

„Sicher, es war deine Idee“, spottete Octocat, um dann sofort wieder mit seiner neuen Freundin zu schmusen und sie abzuschlecken.

„Was ich dir vorhin gesagt habe, dass ich auf Grizabella aufpasse, weil ich auch eine Katze habe, das ist wahr. Aber ich habe dir nicht gesagt, dass mein Kleiner hier eine voll ausgebildete Stuntkatze ist. Wir waren eigentlich, äh, auf dem Weg nach Georgia, um an einem neuen Film mitzuwirken, bevor das alles passiert ist. Wie auch immer, mein Octavius ist extrem gut trainiert, und ich denke, wenn wir ihm etwas von Jamison geben, könnte er damit seine Fährte aufnehmen und ihn aufspüren."

Sariah starrte Octocat an, als könne sie nicht glauben, dass er einer solchen Aufgabe gewachsen war. Schließlich meinte sie resigniert: „Keine schlechte Idee, aber Jamison ist wahrscheinlich schon über alle Berge. Was soll das bringen?"

„Wahrscheinlich. Aber weißt du eigentlich, wie schnell eine Katze rennen kann?"

„Ich kenne mich nicht aus mit ..."

„Bis zu 50 km/h", warf Melvin ein und winkte mit seinem Handy, um uns zu zeigen, dass er die Antwort in Rekordzeit gefunden hatte.

Sariah zog eine Augenbraue hoch und musterte meinen Kater erneut. „Okay, das ist ziemlich schnell, warum bist du dir so sicher, dass er seine Spur überhaupt findet? Und hast du keine Angst, ihn allein da rauszuschicken? Er scheint doch wirklich wertvoll zu sein, da er eine Filmkatze ist und so."

„Nun ja ..." Ich tat so, als würde ich zögern, da Sariah anscheinend noch einen Moment brauchte, um die Idee sacken zu lassen. „Sagen wir einfach, ich vertraue ihm, und ich weiß, dass er das schaffen kann."

„Ich habe ihn schon in Aktion gesehen", bekräftigte Mom, die weiterhin auf dem Bett saß. „Und es stimmt absolut, dieser Kater ist wirklich unglaublich."

„Danke, danke", sagte Octocat und winkte seinen Fans mit der Pfote zu.

Grizabella gurrte und kuschelte sich enger an seine Seite.

Dad fragte Sariah, was wir alle wissen wollten: „Haben Sie nun etwas von Jamison oder nicht?"

17

Sariah zog den Kapuzenpulli aus, und darunter kam eine schick geschnittene Bluse zum Vorschein. „Das ist seins." Sie warf mir das Sweatshirt zu und schlang sogleich fröstelnd die Arme um den Oberkörper.

„Danke. Ich werde Octavius draußen auf die Fährte bringen. Ihr anderen bleibt bitte hier. Er kann das besser ohne Publikum."

„Warum?", fragte Grizabella und verschränkte ihren Schwanz mit dem von Octocat, was wohl die feline Form des Füßelns darstellte. „Ich liebe es, Publikum zu haben."

Er hob den Kopf und schnupperte ohne erkennbaren Grund. „Sie sagt manchmal solche Sachen, damit die anderen Menschen nicht merken, dass sie mit uns reden kann."

„Octavius!", rief ich, ging zur Tür und machte ein schnalzendes Geräusch. „Komm, mein Katerchen!"

Er stöhnte, als er hinter mir her trabte. „Hör bloß auf mit dem Katerchen. Du weißt, dass ich das nicht leiden kann."

Grizabella folgte uns nach draußen in den dunklen Tunnel. Zum Glück spendeten die nun beleuchteten Waggons genug Licht, sodass ich den geringen Rest meines Handy-Akkus nicht dafür aufbrauchen musste.

Ich legte Jamison's Sweatshirt auf den Boden. „Kannst du damit etwas anfangen?", fragte ich meine Fellnase.

Er sog den Geruch des Stoffs tief in sich ein und nieste dann. „Puh, mein lieber Scholli. Das ganze Ding riecht nach dieser Frau. Definitiv zu viel Parfüm, Schätzchen."

„Eine Dame kann sich nie zu viel Mühe mit ihrer Aufmachung geben", säuselte Grizabella. Soso. Ein waschechter Instagram-D-Promi muss es ja wissen.

Ich biss mir auf die Lippe und sprach ein stilles Gebet um Geduld. Das Besondere an der Arbeit mit Katzen war, dass immer alles nach deren Zeitplan ablief.

„Kannst du ihn denn trotzdem herausriechen? Oder ist sie zu dominant?" Ich hatte keinen Schimmer, was wir tun sollten, wenn das nicht funktionierte, zumal Sariah offenbar glaubte, dass ihr Bruder der Polizei problemlos entkommen würde.

„Ja, ich glaube, jetzt habe ich ihn", Octocat gähnte und streckte seine Beine der Reihe nach, als würde er sich auf einen sportlichen Wettkampf vorbereiten, womit er eindeutig seiner Freundin imponieren wollte. „Auf geht's!"

Sie schien angesichts seines heldenhaften Auftritts beinahe in Ohnmacht zu fallen. Junge, Junge!

„Warte." Ich ging in die Hocke, um mehr auf Augenhöhe mit ihm zu sein. „Ich habe im Moment keine Möglichkeit, dich zu orten. Wir haben dein GPS-Gerät nicht dabei, und mein Telefon wird jede Minute den Geist aufgeben. Es ist gefährlich da draußen, und du bist auf dich allein gestellt. Versprichst du mir, vorsichtig zu sein?"

„Er wird nicht allein sein." Grizabella stand auf, und in ihre blauen Augen blitzten wild entschlossen auf. „Ich gehe mit."

„Liebes, das kann ich unmöglich von dir verlangen. Wie Angela schon sagte, es ist gefährlich. Ich habe mir bereits einen Zeh bei diesen Ermittlungen verletzt und könnte mir niemals verzeihen, wenn deinen hübschen Zehen etwas zustößt." Octocat wollte Grizabella einen zärtlichen Nasenstüber geben, aber sie wich zurück.

„Rhonda war mein Mensch. Ich bin ihr das schuldig." Die Himalayakatze holte tief Luft und sprintete in einem unfassbar rasanten Tempo davon. Noch nie hatte ich Octocat auch nur annähernd so schnell rennen sehen, außer wenn er hin und wieder die Zoomies bekam – aber das war ein Tabuthema für ihn.

„Was für eine Frau!", raunte er und warf mir noch einen beeindruckten Blick zu, bevor er ihr hinterherraste.

„Aber ich weiß nicht, wie ich euch finden soll!", rief ich in die bedrohliche Tunnelröhre, aber vergeblich. Die beiden Katzen waren bereits verschwunden.

Bitte, bitte, seid vorsichtig.

Ich drehte mich um und sah meinen Vater in der Zugtür stehen.

„Ich wollte dich mit den beiden nicht stören", meinte er und trat zu mir auf das Gleisbett. „Ist alles in Ordnung?"

Ich schaute unruhig in den Tunnel und wäre den Vierbeinern am liebsten nachgerannt. „Ja. Ich mache mir nur Sorgen, dass er wieder in eine gefährliche Situation gerät."

Er lachte auf. „Glaub mir, ich weiß, wie sich das anfühlt. Ihr beide, du und deine Mutter, werdet mich noch ins Grab bringen."

Der Gedanke, dass mein Vater oder sonst jemand

sterben würde, jagte mir einen Schauer über den Rücken. Ich hatte eigentlich für den Rest meines Lebens schon mehr als genug Tote gesehen. Einige wenige Berufsrisiken waren eben schwer zu akzeptieren.

„Aber für sein Kind tut man eben alles. Das ist doch selbstverständlich", fuhr er mit sanfter Stimme fort. „Und bevor du etwas sagst, ja klar, ein Haustier ist kein Kind, aber trotzdem bist du doch eine Katzenmama und verantwortlich für dieses kleine Wesen."

Octocat würde es hassen, mit einem Kind verglichen zu werden, aber manchmal fühlte es sich wirklich so an, als wäre er es. Und ich wusste genau, dass auch Mom und meine Großmutter mich über alles liebten und alles geben würden, um mich zu beschützen.

Mir wurde plötzlich auch bewusst, dass Dad mit seinen Worten noch viel mehr gemeint hatte. „Grandma und meine echten Großeltern", sprach ich einfach aus, was mir durch den Kopf ging.

Er nickte. „Nur weil du und Grandma nicht blutsverwandt seid, heißt das nicht, dass sie nicht deine richtige Familie ist", sagte er, als hätte er meine Gedanken gelesen. „Sie hat so viel aufgegeben, um deine Mutter zu beschützen, auch wenn sie damals nicht wusste, warum."

„Wir wissen im Grunde immer noch nicht, warum." Ich wollte es unbedingt erfahren, nicht nur in meinem Interesse und dem meiner Mutter, aber vor allem, weil Grandma ein Recht darauf hatte, weil sie ihr ganzes Leben lang keine Ahnung hatte, weshalb ihr diese seltsame, beängstigende und wunderbare Sache passiert war.

Dad schmunzelte. „Deine Mutter und du werdet das schon noch herausfinden. Wenn ich eines im Leben gelernt habe, dann ist es, meinen Mädels zu vertrauen."

Ich schlang meine Arme fest um ihn. Obwohl unsere Beziehung nie sehr innig gewesen war, hatte er mir nie einen Grund gegeben, an seiner Liebe zu mir zu zweifeln.

„Das war echt ein Horrortrip bisher", sagte ich zu ihm, nachdem wir uns aus der Umarmung lösten. „Ich weiß nicht, ob ich jetzt noch die Energie für zwei Wochen Familientreffen habe."

„Dann fahren wir wieder nach Hause. Das heißt, sobald wir aus diesem verdammten Zug rauskommen." Er blickte sich um und lachte erneut leise in sich hinein, was auch meine Anspannung etwas löste. Bei meinem Dad fühlte ich mich einfach sicher. „Ich meine, wenn wir aus diesem Tunnel raus sind und offiziell aussteigen dürfen."

„Aber die in Georgia sind doch dann bestimmt

total sauer, oder?" Obwohl die jüngsten Ereignisse irre an meinen Nerven gezerrt hatten, wollte ich diese Menschen weiterhin unbedingt kennenlernen und war gespannt auf unseren ungewöhnlichen Familienzuwachs. Sicherlich würden sie sich vor den Kopf gestoßen fühlen, wenn wir jetzt absagten? Konnte ich das wirklich aufs Spiel setzen?

Mein Vater schüttelte den Kopf und lächelte besänftigend. „Auf ein paar Wochen kommt es jetzt nicht mehr an. Bis vor Kurzem wussten wir doch noch nicht einmal, dass es sie gibt. Das kann warten – sie können warten –, bis du den Kopf wieder frei hast."

„Okay, gut. Denn ich würde jetzt wirklich lieber nach Hause fahren, zu Grandma", sagte ich und freute mich schon darauf, wieder mit meinem Lieblingsmenschen zusammen zu sein. Meine Großmutter hatte mich großgezogen. Sie war meine allerbeste Freundin, und mir fehlte etwas, wenn ich sie nicht in meiner Nähe wusste.

„Ich weiß, Schatz", sagte Dad, und wir umarmten uns erneut.

18

Eine gute halbe Stunde später traf die Polizei ein und fegte durch den Zug. Sie schickten uns aus Rhondas Zimmer, um den Tatort zu sichern. Während zwei Kommissare die Leiche untersuchten, brachte ein anderer Beamter Mom, Dad, mich, Sariah, Dan und Melvin in den Aussichtswagen, um uns im Auge zu behalten, und ein weiterer befragte uns draußen einzeln.

„Bevor wir einstiegen, hatte ich Rhonda noch nie getroffen, nein", versicherte ich der Beamtin, die mich daraufhin argwöhnisch beäugte.

Sie schrieb etwas in ihr Notizbuch, allerdings fragte ich mich, ob sie in dem schwachen Licht des Tunnels genug sehen konnte.

„Warum haben Sie dann fast zwei Stunden mit ihr im Speisewagen verbracht?", fragte sie.

Und ich antwortete mit einem Achselzucken. „Ich wollte nicht unhöflich sein."

„Angela! Angela!", hörte ich Octocat in der Ferne rufen.

„Haben Sie das gehört?", fragte mich die Polizistin und legte den Kopf zur Seite, um zu lauschen.

„Angela! Angela!", brüllte er erneut. Für die Beamtin klang das vermutlich wie ein furchtbares Heulen.

„Ja, ich glaube, das ist mein Kater", antwortete ich, gespannt und nervös zugleich, welche Neuigkeiten er mir überbringen würde.

„Seltsame Geräusche für eine Katze."

„Angela! Angela!" Er kam auf uns zu gerannt, und wenige Augenblicke später prallte das kleine Fellbündel gegen mein Bein und kreischte abermals „Angela! Angela!"

„Bleiben Sie zurück, das Tier könnte gefährlich sein!"

„Nein, nein, das ist mein Kater, sehen Sie?" Ich hob Octocat hoch und drückte ihn an meine Brust, um ihr zu zeigen, dass er harmlos war.

Er keuchte schwer, was er sonst nie tat. Der arme Kerl musste sehr weit gelaufen sein – oder er war sehr, sehr gestresst. Ich hoffte auf Ersteres.

„Können wir ihm etwas Wasser geben?", fragte

ich die Dame von der Polizei, da sein Hecheln nicht besser wurde.

„Keine ... Zeit", keuchte er, schnappte nach Luft und presste dann hervor: „Griza ... bella. Wir ... müssen ... zu ihr!"

Die Beamtin musterte mich aufmerksam. „Ist alles in Ordnung mit ihm?"

Ich grübelte, was ich als Nächstes tun sollte und wie ich das so geschickt anstellen konnte, dass niemand Verdacht schöpfte.

Dan, Sariah und Melvin hatte ich zuvor die Geschichte mit der Tiertrainerin aufgetischt, damit sie mir glaubten, dass Octocat eine Fährte aufnehmen konnte. Und jetzt war es an der Zeit, abermals in die Trickkiste zu greifen und der Polizistin eine Story zu erzählen, die sie mir hoffentlich abkaufen würden.

Ich schluckte schwer und stellte mich ihrem fragenden Blick. „Ich weiß, das mag etwas unorthodox erscheinen, aber ich bin eine Art Hellseherin, also, ich habe eine Antenne für übernatürliche Kräfte, und ich nehme gerade wahr, dass der Geist des Opfers mir sagen will, wo sich der Mörder aufhält."

Sie stemmte eine Hand in die Hüfte. „Ihr Geist?"

„Ja." Tut mir leid, Rhonda, aber das ist der beste Weg, ihn zu schnappen. „Rhonda sagt, er sei schon ziemlich weit vom Zug entfernt. Wir brauchen ein Fahrzeug, um ihn einzuholen.“

„Ja, das ist super!“, jubelte Octocat, der nicht mehr ganz so stark japste. „Ich kann dich ... zu ihr führen. Zu ihnen.“

Die Detektivin tippte sich nachdenklich ans Kinn und zog eine Augenbraue hoch. „Sie brauchen also eine Polizeieskorte?“, fragte sie langsam, und für mich war nicht erkennbar, ob sie sich über mich lustig machen oder sichergehen wollte, dass sie mich richtig verstanden hatte.

„Ich weiß, es klingt verrückt, aber ...“

„Gehen wir“, sagte die Polizistin zu meiner Überraschung. „Unsere Abteilung ist dafür bekannt, ab und an mit Leuten wie Ihnen zusammenzuarbeiten, und im Moment sind Sie die beste Spur, die wir haben. Der Wagen steht einen guten halben Kilometer in diese Richtung.“ Sie zeigte in die Tunnelröhre und drehte sich wieder zu mir um. „Aber versuchen Sie keine komischen Sachen, sonst werde ich Sie direkt verhaften.“

Als ich zustimmend nickte, lief sie los in die Richtung, in die sie zuvor gezeigt hatte – die entgegengesetzte Richtung aus der Octocat eben gekommen war.

Ich folgte ihr mit dem Kater auf dem Arm, weil ich spürte, dass er sich noch etwas erholen musste.

Und während ich immer müder wurde, kehrte seine Energie zurück.

„Wir haben den Bösewicht aufgespürt", informierte er mich. Derweil stolperte ich über den unebenen Schotterboden. „Und Grizabella war einfach großartig. Sie hat ihm ein paar ordentliche Kratzer verpasst. Er hat sie von sich geschleudert, und ich glaube, sie hat sich dabei leider verletzt. Aber sie hat nicht lockergelassen und sich an seine Fersen geheftet, um ihn zu verfolgen. Mich hat sie zurückgeschickt, um Hilfe zu holen."

Wenn das mal keine Heldentat war! Grizabella hatte eindrucksvoll bewiesen, was in ihr steckte.

Ich hoffte nur, dass die Verletzung, die sie beim Kampf mit Jamison erlitten hatte, nicht allzu schlimm war. Wie gerne hätte ich Octocat in dem Moment getröstet, was jedoch im Beisein der Beamtin nicht ging. Hoffentlich verstand er auch so, dass ich alles in meiner Macht Stehende für Grizabella und Rhonda tun würde.

Endlich erreichten wir das Ende des Tunnels, das den Blick auf den offenen Himmel freigab. Die Sonne war gerade aufgegangen und tauchte die Wolken in feurige Farben – wunderschön und irgendwie unheimlich zugleich. Das Polizeiauto stand nur ein kleines Stück weiter, und die Beamtin und ich stürzten darauf zu.

Ich kletterte auf den Rücksitz, nur für den Fall, dass sie mich immer noch verdächtigte. Wir hatten schon so viel Zeit verloren, und ich wollte keine Sekunde mehr verschwenden, bis ich Grizabella in Sicherheit wusste und Jamison festgenommen worden war.

„Sie können sich ruhig vorne hinsetzen", meinte die Polizistin und musterte mich im Rückspiegel. Dabei huschte ein Lächeln über ihr Gesicht. Vielleicht war ich also doch keine Verdächtige mehr.

„Ich kann hier drin nichts riechen", teilte mir Octocat aus dem Fußraum mit. Entweder hatte die Beamtin nicht bemerkt, dass ich ihn mitgebracht hatte, oder es machte ihr nichts aus.

„Alles gut", versicherte ich ihr und schnallte mich an, da uns sicher eine wilde Fahrt bevorstand. „Aber könnten Sie bitte die Fenster öffnen? Meine, äh, Kräfte funktionieren besser, wenn ich der Natur näher bin."

Sie nickte und ließ die beiden vorderen Fenster herunter.

„Ahh, so ist es besser. Sie sind in dieser Richtung." Octocat bewegte sich zur linken Seite des Wagens.

„Fahren sie nach links rüber", instruierte ich die Beamtin.

Der Motor heulte auf, und wir sausten los.

„Wie schnell soll ich fahren?", fragte sie, worauf ich keine Antwort wusste.

Octocat bewegte sich nach rechts in den Fußraum. „Hier entlang, aber nicht zu sehr in diese Richtung."

„Nach rechts, aber nicht scharf rechts", wies ich sie an, ignorierte ihre Frage und konzentrierte mich stattdessen nur auf das, was ich wusste.

Sie lenkte den Wagen in die von mir vorgegebene Richtung.

„Zu weit. Zu weit!", rief Octocat und bewegte sich zurück nach links.

„Ähm, nicht ganz so weit rechts", sagte ich. „Etwas mehr geradeaus."

Verdammt, es war echt schwer, eine Wegbeschreibung zu geben, wenn man sich jenseits aller Straßen befand und keine Ahnung hatte, wo man eigentlich hinwollte. Aber ich vertraute meinem Kater und wusste, dass er uns über kurz oder lang ans Ziel bringen würde.

„Perfekt!", rief er, nachdem unsere Fahrerin seine Kurskorrektur umgesetzt hatte. Er hüpfte auf die Sitzbank neben mir und kletterte auf meinen Schoß. „Und jetzt schnell zu meiner Grizabella."

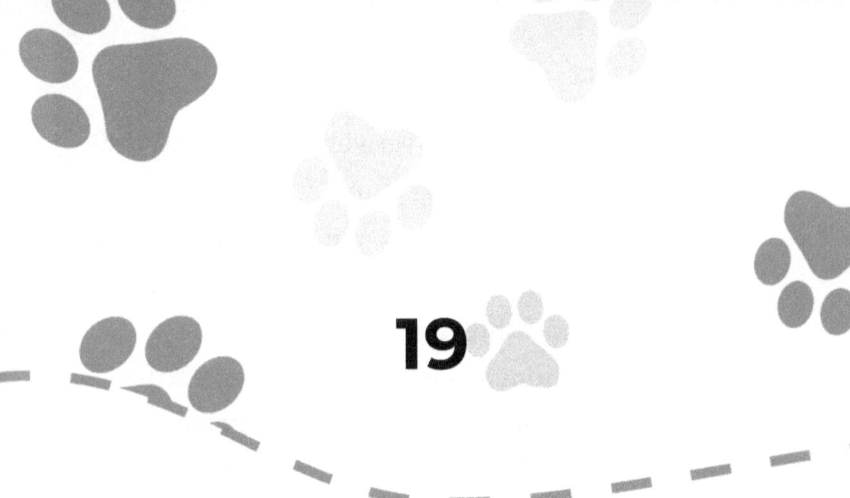

19

Wir fuhren gut zwanzig Minuten, bis ich endlich eine Bewegung am Horizont entdeckte.

Octocat bemerkte sie genau zur gleichen Zeit wie ich. Er kreischte und grub seine Krallen in meine Oberschenkel. „Da ist sie! Meine schöne Grizabella! Wir haben sie gefunden!"

Tatsächlich war es die Himalayakatze, die da vor uns durch die Landschaft trabte oder vielmehr lahmte, denn ihr Gang wirkte längst nicht mehr so graziös wie zuvor. Auch ihr sonst makelloses Fell sah im weichen Morgenlicht struppig aus, aber ich war einfach nur unendlich froh, dass sie lebte, und bewunderte, mit welcher Entschlossenheit sie die Sache durchgezogen hatte.

Obwohl sie bei unserem ersten Treffen im Zug

mehr als nur ein bisschen verwöhnt schien, war sie eine gute Katze. Eine richtig gute Katze.

„Verdächtiger in Sicht." Wir ruckelten noch schneller über das Feld, bis wir ihm dicht auf den Fersen waren und anhielten.

„Sagen Sie Rhondas Geist, das war gute Arbeit", sagte sie mir, bevor sie zu Fuß die Verfolgung des Mannes aufnahm, der den Hügel hinunterhumpelte.

Octocat sprang ihr hinterher durch die offene Tür, sprintete jedoch dann den Weg zurück, um zu seiner Heldin zu gelangen. „Mein Liebling! Mein Liebling!", rief er.

Einerseits hätte ich gerne geholfen, aber ich blieb erst mal auf dem Rücksitz des Polizeiautos sitzen und schickte meinen Eltern eine kurze Nachricht: Haben Jamison gefunden. Polizei verhaftet ihn gerade. Alles gut.

Und damit war mein Akku endgültig leer und mein Telefon tot.

Weniger als fünf Minuten später kehrte die Beamtin zurück, einen Mann in Handschellen im Schlepptau. „Kommen Sie nach vorne", bellte sie mich an.

Kaum war ich ausgestiegen, schob sie Jamison hinein. Einen Moment lang trafen meine Augen die seinen, und ich war überrascht, dass nichts Kaltes oder Berechnendes darin lag. Stattdessen wirkten sie sanft und freundlich, ein bisschen sogar wie die meines Vaters. Ein paar Sommersprossen auf seinen Wangen und seiner Nase gaben ihm ein jungenhaftes Aussehen. Seine Arme waren mit blutigen Kratzern übersät, und auch sein Hemd zeigte Risse, was zweifellos Grizabellas Werk gewesen sein musste.

Dieser Typ sah überhaupt nicht wie ein Mörder aus, und doch hatte ich keinen Zweifel daran, dass er die Tat begangen hatte.

„Wir treffen uns vor dem Tunnel", murmelte die Polizistin in ihr Funkgerät, während sie den Motor anließ.

„Warten Sie!", kreischte ich, und Panik stieg in mir auf. „Meine Katze!"

„Ich bringe die Zeugin zurück, und ihr übernehmt den Verdächtigen", erklärte sie dem Kollegen am anderen Ende der Leitung weiter und ignorierte mich völlig.

Wir fuhren noch in gemächlichem Tempo, also öffnete ich die Tür, schnallte mich ab und machte mich zum Sprung bereit. Als sie sah, was ich vorhatte, trat sie hart auf die Bremse, wodurch ich aus dem Auto katapultiert wurde.

Ich stürzte auf den kalten Boden und landete so auf dem Rücken, dass mir die Luft wegblieb. Autsch.

Trotz der quälenden Schmerzen durfte ich keine Zeit verlieren. Ich musste mich vergewissern, dass es den Katzen gutging, also setzte ich mich rasch auf, was so wehtat, dass ich laut aufstöhnte.

„Oh, Angela", hörte ich Octocat fröhlich kichern, als er und Grizabella sich kurz darauf näherten. Auch wenn die Kätzin sehr müde wirkte und weiterhin hinkte, gingen sie im Gleichschritt nebeneinander her. „Ich mag ein Stunt-Kater sein, aber du bist definitiv kein Stunt-Mensch."

Ich konnte nicht eindeutig sagen, ob er mich nur aufziehen wollte oder die Notlüge, die ich den anderen heute Nacht aufgetischt hatte, tatsächlich glaubte. Vermutlich kaufte er mir jedes Wort ab, so wie ich ihn kannte.

„Du warst sehr mutig", wandte sich die Himalayan mit einem anerkennenden Nicken an mich.

„Aber nicht so mutig wie du, Liebling", gurrte Octocat mit dieser besonderen, verliebten Stimme, die er ausschließlich für seine neue Freundin reserviert hatte. „Du warst großartig, um nicht zu sagen wundervoll."

Sie kicherte, während ich mich mühsam hochrappelte. Autsch, autsch, autsch. „Kommt schon, Leute, ab in den Wagen."

Ich stieg an der Beifahrerseite ein und ließ die beiden Katzen mit hineinhüpfen.

Die Beamtin wirkte nicht erfreut darüber. „Das bleibt unter uns", sagte sie knurrig. „Ich werde mir ohnehin schon etwas anhören dürfen, weil ich mich von einer Hellseherin habe leiten lassen. Wenn die Jungs auf dem Revier dann auch noch erfahren, dass Sie sich während der Fahrt aus dem Auto gestürzt haben, habe ich echt ein Problem."

„Aber Sie sagten ..."

„Ich weiß, was ich gesagt habe. Aber Sie sind nicht die Einzige, die die Wahrheit manchmal ein bisschen verdreht, um mit etwas durchzukommen." Sie warf einen Blick auf Octocat, dann wieder auf mich und zwinkerte mir zu.

Was? Mir fiel beinahe die Kinnlade runter. Wie hatte sie das bloß ...?

Ach, egal. Ich hatte zwar keine Ahnung, wie sie es herausgefunden hatte, war mir jedoch sicher, dass mein Geheimnis bei ihr gut aufgehoben war.

Als wir den Tunnel – und damit den Zug – erreichten, stand die Sonne schon recht hoch am Himmel. Neuer Tag, neues Glück! Der Kollege der Polizistin wartete bereits mit meinen Eltern beim Tunneleingang.

Als sie mich aus dem Polizeiauto aussteigen sahen, rannten sie mir entgegen. Mom umarmte mich von links und Papa von rechts.

„Wie siehst du denn aus?" Meine Mutter versuchte, mir den Dreck von der Hose zu klopfen. Ich schaute an mir herunter und bemerkte da erst, dass ich mich bei meinem Sturz aus dem Auto total besudelt hatte.

Was soll's? Die Klamotten würde ich einfach waschen oder, falls nötig, ersetzen. Es erschien mir so was von unerheblich gegenüber dem, was wir in den vorausgegangenen Stunden gemeinsam erlebt hatten.

„Das ist eine lange Geschichte", erwiderte ich. „Wie spät ist es eigentlich?" Mit einem Mal spürte ich, wie die Müdigkeit in mir hochkroch. Ich hatte bei meinem Päuschen im Aussichtswagen nur eine Mütze voll Schlaf bekommen, bevor uns dieser neueste Mordfall den Rest der Nacht und die frühen Morgenstunden in Atem gehalten hatte.

„Warum schaust du nicht auf deinem Handy nach?", fragte mein Vater schmunzelnd.

„Geht nicht, weil ..." Ich hielt inne und lachte sarkastisch, als ich merkte, dass es ein Joke war. Wahrscheinlich würden mich meine Eltern den Rest meines Lebens mit dem leeren Handy-Akku aufziehen.

„Es ist etwa halb acht", sagte Mom und unterdrückte selbst ein Gähnen. „Dein Dad hat mir erzählt, dass du nach Hause fahren willst und nicht weiter nach Larkhaven."

Auf einmal hatte ich ein superschlechtes Gewissen. Mom hatte sich so auf diese Reise gefreut, und jetzt hatte ich es vermasselt. Nein, das durfte ich nicht zulassen. Irgendwie würde ich es schon schaffen, den Kopf wieder freizukriegen und mich zusammenzureißen. „Ja, aber das müssen wir nicht, wenn ...“

Mom schüttelte den Kopf und lächelte. „Ich denke, das ist eine gute Idee. Ich werde nachher in Larkhaven anrufen und unserer Familie Bescheid geben. Hoffentlich kriegen die Techniker das Ding bald wieder in Gang. Wir haben gehört, dass eine neue Zugmaschine auf dem Weg hierher ist, die uns zur nächsten Station zurückbringen soll.“

Ich erwiderte ihr Lächeln. „Das ist gut. Selbst wenn alles wieder läuft, wird sicher niemand mehr mit diesem Unheilszug weiterfahren wollen. Also ich zumindest nicht.“

Wir standen zusammen, sahen der Polizei bei der Arbeit zu und versuchten, Energie für den langen, beschwerlichen Rückweg durch den Tunnel zu sammeln. Die Katzen saßen auf der nahe gelegenen Wiese, und Octocat kümmerte sich rührend um die Wunden seiner Freundin.

Auch wenn ihre Lovestory gerade erst begonnen hatte, sie hatte ihn bereits zu einem anderen Kater werden lassen. Es brach mir fast das Herz, weil wir Grizabella vielleicht nie wiedersehen würden und nicht einmal wussten, wo sie nun landen würde.

„Du machst dir Sorgen um sie, nicht wahr?“,

fragte mein Vater und deutete mit dem Kinn auf die Himalayan.

„Sie hat Rhonda geliebt, und jetzt weiß sie überhaupt nicht, was mit ihr passieren wird." Mir kam ein Gedanke, der einen Hoffnungsschimmer aufflackern ließ. „Glaubst du, dass Sariah sie nehmen wird?"

„Ich glaube, Sariah wird wegen Beihilfe zum Mord ins Gefängnis kommen", sagte Mom mit einem Seufzer. „Oder zumindest wegen gefährlichem Eingriff in den Bahnverkehr. So eine Schande."

„Und was wird aus Grizabella?", fragte ich und kämpfte mit den Tränen. Die Kleine hatte mit Rhonda buchstäblich alles verloren, und wie Octocat war sie an ein Leben mit allen Annehmlichkeiten gewöhnt. Würde sich eine neue Besitzerin für sie finden, die sich richtig um sie kümmerte?

„Ich weiß es nicht, Schatz", sagte Mom und gab mir einen Schmatzer auf die Stirn. „Wir können nur das Beste hoffen."

Sie hatte recht. Grizabellas Schicksal lag momentan nicht in unseren Händen, aber ich würde auf jeden Fall täglich bei der Polizei nachhaken, wohin sie kommen würde.

Das war ich Octocat schuldig. Und Grizabella. Und der armen Rhonda. Dieser netten, kleinen Lady, die nur jemanden gebraucht hätte, der ihr für ein paar Stunden Gesellschaft leistet.

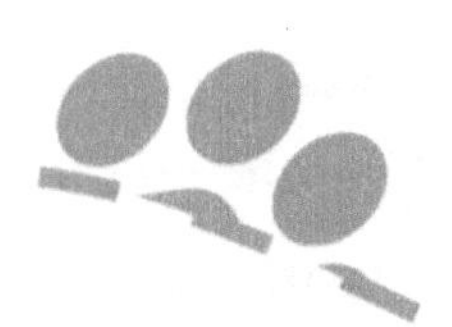

20

DREI WOCHEN SPÄTER

Nach einem ruhigen Thanksgiving zu Hause kehrte bei uns wieder der ganz normale Wahnsinn ein. Die Vorweihnachtszeit versüßte uns Grandma durch einen selbst gebastelten Adventskalender sowie einer Reihe von klischeehaften Aktivitäten. Ein netter Ausflug, um unsere Tiere mit dem Weihnachtsmann fotografieren zu lassen, verwandelte sich urplötzlich in eine neue Mordermittlung, und die war ehrlich gesagt noch verrückter als unser Abenteuer im Zug.

Trotz dieser kleinen Verwicklungen hielt Großmutter Octocat, Paisley und mich praktisch jede Sekunde des Tages auf Trab, und darüber war ich unendlich froh. Sie war meine Grandma, mein Lieblingsmensch auf der ganzen weiten Welt, und welche Umstände auch immer uns einst zusammengebracht hatten, es erfüllte mich mit großer Dankbarkeit, sie in meinem Leben zu haben.

Ja, meine Familie hatte sich sprunghaft vergrößert, aber Grandma würde immer meine Nummer eins sein, und das würde sich niemals ändern.

„Schnell, beeil dich!", hörte ich Octocat alarmiert rufen, der neben mir an der Tür zu meiner Bibliothek kratzte, um schnell hineinzukommen. „Wir haben nicht viel Zeit, bevor sie uns wieder zum Feiern zwingt."

Ich musste lachen, wie er bei dem Wort „feiern" erschauderte, als wäre es das schmutzigste Schimpfwort, das er sich vorstellen konnte.

Wir flüchteten hinein, ich fuhr meinen Laptop hoch und loggte mich bei Instagram ein. Octocat hatte um einen eigenen Account gebettelt, aber da ich unser besonderes Geheimnis unbedingt schützen wollte, hatte ich darauf bestanden, dass er stattdessen meinen benutzt.

„Mein Schatz!", rief er, als ein brandneues Foto von Grizabella in unserem Feed auftauchte. Sie trug eine Weihnachtsmannmütze und hielt ihr flaches Katzengesicht finster in die Kamera. Was für eine Diva!

Octocat schnurrte und rieb seine Seite an meinem

Computerbildschirm. Genau deswegen benutzten wir auch sein iPad nicht mehr für die Insta-Sessions. Er konnte einfach nicht anders, als mit ihrem Bild zu kuscheln und bekam jedes Mal einen Anfall, wenn er dabei versehentlich aus der App flog.

Ich klickte auf das Herzchen unter dem Foto und lehnte mich in meinem Sitz zurück. Erfahrungsgemäß konnte es eine Weile dauern, bis er sich einen Kommentar überlegt hatte. „Also, was sollen wir ihr zu diesem Foto schreiben?", fragte ich ungeduldig, nachdem er fünf Minuten lang nichts anderes getan hatte, als sich schnurrend am Bildschirm zu reiben.

„Sag ihr, dass sie wunderschön ist und dass ich sie liebe und vermisse und es nicht erwarten kann, bis das Schicksal uns wieder zusammenführt", schwärmte er und hielt kurz inne, um sich das Foto erneut anzusehen, bevor er die virtuelle Kuschelei wieder aufnahm.

Ich stöhnte über das Melodrama, tat jedoch wie mir geheißen. Wie gut, dass ich mein Profil auf privat eingestellt hatte. Und es war auch gut zu wissen, dass Grizabellas neue Besitzerin ihr immer alle Kommentare vorlas. Sonst hätte ich bestimmt nicht zugestimmt, ständig die Liebesbotin zwischen den beiden zu spielen.

Auch wenn mir das mitunter peinlich war, freute ich mich über ihre glückliche Fernbeziehung. Hin und wieder machten sie im Videochat sogar zusammen ein Nickerchen, was ziemlich süß aussah.

Und die neue Besitzerin?

Sie war eine Freundin von Rhonda und auch ein Fan von Katzenausstellungen. Christine. Und obwohl sich die beiden außerhalb dieser Wettbewerbe nicht sehr nahegestanden hatten, waren sie dennoch immer zusammen Essen gegangen, wenn sie sich in derselben Stadt aufhielten – und eine bessere Freundin hatte die arme, einsame Rhonda nie gehabt.

In Christine hatte sie jedoch eine tolle Verbündete gefunden. Sie liebte die Samtpfoten genauso sehr wie Rhonda, sodass Grizabella nun eine ganze Reihe neuer Schwestern hatte, ebenfalls preisgekrönte Himalayakatzen.

Leider bedeutete die Verletzung, die Grizabella beim Kampf mit Jamison davongetragen hatte, das Aus ihrer Showkarriere, aber insgeheim vermutete ich, dass sie froh darüber war, auch wenn sie das nie zugeben würde. Jetzt konnte sie den Rest ihrer Tage in Ruhe genießen, sich verwöhnen lassen und sich ganz ihren Aktivitäten als Mini-Influencerin auf Instagram hingeben.

Ihr neuestes Foto bedachte ich also mit folgenden Worten: Octavius sagt: „Sie ist wunderschön und er liebt sie und vermisst sie und kann es nicht erwarten, bis das Schicksal sie wieder zusammenführt."

Christine und alle anderen hielten mich mit meinen Kommentaren wahrscheinlich für eine übertrieben dramatische Katzennärrin, doch ich ließ sie gerne in ihrem Glauben. Schließlich liebte ich meinen Kater wirklich über alles.

Kaum hatte ich die Eingabetaste gedrückt, ertönte die Türklingel, für die wir kürzlich die Melodie von „Memories" aus dem Musical „Cats" ausgewählt hatten. Ich hatte nicht gewusst, dass Grizabella nach einer Figur aus diesem Stück benannt war, aber Grandma hatte die Verbindung sofort erkannt und daraufhin dafür gesorgt, möglichst viele Lieder von Andrew Lloyd in die ständig dudelnde Weihnachtsmusik einzustreuen.

„Ich bin gleich wieder da", versicherte ich meinem entrückten Kater.

Er würdigte mich nicht einmal eines Blickes, als ich ging, so sehr hatte ihn die Freude über den Post seiner Geliebten in Ekstase versetzt – obwohl sie jeden Tag mindestens ein neues Bild einstellte. Junge Liebe – bezaubernd, oder?

„Ich komme!", rief ich, während ich die Treppe hinunterhüpfte. Die Buntglasfenster an den Seiten der Haustür warfen schillernde Lichtreflexe auf den Holzboden, verrieten aber nicht, wer einen draußen erwartete.

Als ich die Tür öffnete, stand dort eine mir unbekannte junge Frau mit einem Koffer, den sie neben sich abgestellt hatte.

„Cousinchen!", rief sie und streckte die Arme aus und drückte mich im nächsten Moment an sich.

Unbeholfen erwiderte ich die Geste, und als wir uns voneinander lösten, erkannte ich, um wen es sich handeln musste.

Vor allem, weil sie mir wie aus dem Gesicht geschnitten war und wir uns auch von der Statur her ähnelten: beide groß mit weiblichen Kurven. Der markanteste Unterschied zwischen uns war ihr auffallend blondes, fast schon weißes Haar – meines dagegen war eher sandbraun. Außerdem trug ich ein raffiniertes, von den Achtzigern inspiriertes Outfit, während sie eine schlichte, bis zum Hals zugeknöpfte Strickjacke und einen wallenden, köchellangen Bauernrock anhatte. Ein Stück über ihrer Brust hing ein übergroßes und dennoch filigranes Goldmedaillon, das mich an Rhondas Halskette erinnerte, jenes verhängnisvolle Familienerbstück.

Sie musterte mich, biss sich auf die Lippe und bekam einen hochroten Kopf. Dann rief sie leicht panisch: „O nein. Du bist doch Angie, oder? O mein Gott, wenn du es nicht bist, ist mir das echt peinlich."

„Ich bin Angie", beruhigte ich sie mit einem

freundlichen Lächeln. „Ich wusste nur nicht, dass wir Besuch bekommen."

„Meine Tante hat es deiner Großmutter gesagt und … Lass mich raten, sie hat es dir überhaupt nicht erzählt?"

„Typisch meine Großmutter! Oder haben die beiden das vielleicht gemeinsam ausgeheckt?", sagte ich lachend. „Bitte, bitte komm rein."

Ich nahm ihren Koffer und stellte ihn an der Treppe ab, dann führte ich sie in die Küche, um uns etwas zu trinken und ein paar leckere Snacks zu besorgen. Süße Sachen machten einfach alles besser, vor allem Grandmas selbstgemachtes Gebäck.

Meine Cousine nahm die Flasche Evian, die ich ihr reichte, und öffnete sie sogleich. „Du musst einen ziemlichen Schock bekommen haben. Es tut mir leid, dass dir niemand gesagt hat, dass ich für den Rest des Jahres kommen werde."

Ich hielt inne. „Für den Rest des Jahres?"

„Na ja, es sind doch nur noch ein paar Wochen, oder? Sechzehn Tage insgesamt, genauso lange wolltest du doch auch bei uns in Larkhaven bleiben. Ich konnte es nicht erwarten, dich endlich kennenzulernen, also schlug Tante Linda vor, dass ich stattdessen zu dir komme. Nur habe ich einen Flieger genommen, keinen Zug. Ich meine, wer fährt heutzutage schon mit dem Zug, wo es doch viele schnellere

Reisemöglichkeiten gibt?" Sie kicherte und machte ein lustiges Gesicht. Wenn sie mir nicht ohnehin schon total sympathisch gewesen wäre, hätte sie mich spätestens in diesem Moment überzeugt.

Ich lachte wieder und reichte meinem Gast einen der Schoko-Bananen-Muffins, die Grandma erst gestern gebacken hatte. „Ich wusste zwar nicht, dass du kommst, aber ich freue mich sehr, dass du hier bist. Es ist vielleicht ein bisschen peinlich, aber ... ähm, wie heißt du denn eigentlich?"

„O Gott! Entschuldigung! Ich bin Mags McAllister", sagte sie, umarmte mich erneut und nuschelte dann, den Mund noch voller Muffin: „Deine lang vermisste Cousine aus Larkhaven, Georgia, und ich kann dir jetzt schon sagen, dass wir uns prima verstehen werden!"

Ein warmes Gefühl breitete sich in mir aus, und ich entspannte mich in ihrer Umarmung.

Da meine Mutter ein Einzelkind war, hatte ich nie Geschwister oder Cousins und Cousinen gehabt – eine Tatsache, über die ich mich in meiner Jugend ständig beklagte. Aber jetzt, wo Mags hier war, spürte ich, dass ich diese neue Cousine fest ins Herz schließen würde.

Und auch wenn ich davon noch nichts ahnte, würden die nächsten Wochen zeigen, wie wichtig sie tatsächlich für mich war.

. . .

Wie geht es weiter?
Finde es schnell heraus …

Blutige Bescherung ist jetzt erhältlich.

Sichere dir noch heute dein Exemplar, damit du direkt mit der Fortsetzung dieser verrückten Krimiserie weiterlesen kannst!

* * *

Und vergiss nicht, dich in Mollys Liste einzutragen, damit du über alle Neuerscheinungen, monatlich stattfindende Verlosungen und weitere coole Aktionen (einschließlich jeder Menge Katzenfotos) informiert bleibst.

Hole dir noch heute dein persönliches Exemplar und fange direkt an zu lesen.
Katzengeheimnisse.com/abonnieren

WIE GEHT ES WEITER?

Ho-ho-ho! Weihnachten und ein Doppelmörder stehen vor der Tür …

Nirgends werden die Weihnachtstage so gefeiert wie in Glendale, meiner kleinen Stadt in Blueberry Bay an der Ostküste von Maine. Zufällig sind wir absolute Meister darin, alles wunderschön festlich zu schmücken, insbesondere den riesigen Weihnachtsbaum im Stadtzentrum.

Ja, und außerdem veranstalten wir einen spektakulären Weihnachtmarkt, der von Jahr zu Jahr mit noch mehr Attraktionen aufwartet. Dieses Mal allerdings werden sich alle nur an eines dort erinnern: die beiden Leichen, die plötzlich in der Mitte des Eisskulpturengartens auftauchen.

Und da die ganze Stadt auf den Beinen ist, befinden sich unzählige Personen in unmittelbarer Nähe des Tatorts – das heißt, jeder ist erst einmal verdächtig. Auch ich selbst gerate ins Visier, denn mein Kater und ich haben die Mordopfer entdeckt. Wird es mir gelingen, den Fall mit Hilfe meiner verrückten Großmutter, meiner frisch gebackenen Cousine, meines übereifrigen Chihuahuas und meines sarkastischen Stubentigers zu lösen und Weihnachten zu retten?

Haltet euch fest, denn dieser Fall wird eine wilde Schlittenfahrt!

Hole dir noch heute dein persönliches Exemplar und fange direkt an zu lesen.

Viel Spaß!

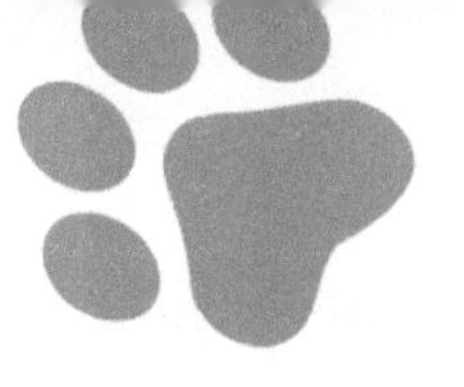

KURZE VORSCHAU
BLUTIGE BESCHERUNG

Hallo. Ich bin Angie Russo, und auch wenn es vielleicht nicht direkt den Anschein hat, bin ich wahrscheinlich einer der ungewöhnlichsten Menschen, die euch jemals begegnen werden.

Warum?

Tja also, wie viele andere Leute kennt ihr denn, die mit Tieren kommunizieren können? Und ich meine nicht bloß, dass ich einen besonderen Draht zu Katzen, Hunden, Vögeln et cetera habe. Nein, wir führen echte Gespräche und lösen sogar gemeinsam Verbrechen! Aber ich will noch nicht zu viel verraten.

Meine besondere Fähigkeit soll nämlich unbedingt ein Geheimnis bleiben, und deswegen bin ich ständig auf der Hut. Nicht weil ich in Gefahr oder so wäre, wenn es jemand erfährt, sondern einfach, weil ich nicht möchte, dass es in der Öffentlichkeit bekannt wird. Also, pst! In Ordnung?

Und nein, ich bin keine Hexe, kein Werwolf oder sonst ein fiktives, übernatürliches Wesen. Ich bin eine ganz normale junge Frau Ende zwanzig, die zufällig durch einen heftigen Stromschlag von einer alten Kaffeemaschine ausgeknockt wurde und danach auf einmal mit Tieren sprechen konnte.

Zuerst funktionierte das nur mit jenem besonderen Kater Octavius beziehungsweise Octocat, wie ich ihn nenne. Er war mit im Raum, als ich den Elektroschock verpasst bekam. Wir befanden uns zu diesem Zeitpunkt beide bei einer Testamentseröffnung, ich als Anwaltsgehilfin und er als der Hauptbegünstigte.

Als er merkte, dass ich ihn verstehen konnte, erzählte er mir, dass seine Besitzerin, Ethel Fulton, keines natürlichen Todes gestorben war, obwohl das alle dachten. Die reiche alte Dame war ermordet worden, und er brauchte meine Hilfe, um es zu beweisen und Gerechtigkeit für sie zu bekommen.

Das gelang uns schließlich auch, und seitdem sind wir unzertrennlich. Ich wollte Octocat unbedingt behalten, und zum Glück hatten Ethels Verwandten kein Interesse an ihm. Später ergab es sich außerdem, dass wir Ethels stattliche Villa übernehmen konnten, wo wir nun wohnen.

Wir teilen uns das Haus mit meiner exzentrischen Großmutter, die sich gerne von allen mit „Grandma" anreden lässt. Vor ein paar Monaten haben wir außerdem einen Chihuahua namens Paisley aus dem Tierheim gerettet und adoptiert. Sie ist ein süßer kleiner Schatz und würde nie ein böses Wort über jemanden verlieren, ganz im Gegensatz zu Octocat, der sich gerne mit zynischen Kommentaren einmischt.

Obendrein lebt in unserem Garten ein frecher Waschbär namens Pringle. Früher hauste er unter der Veranda, aber dann hat er uns erpresst, bis wir ihm ein eigenes Baumhaus gebaut haben – zwei Baumhäuser nebeneinander, wenn man es genau nimmt. O Mann, das ist eine lange Geschichte …

Apropos lange Geschichten, davon könnte ich so einige erzählen, und zwar ziemlich aufregende. Seit Octocat und ich vor ein paar Monaten unsere gemeinsame Detektei offiziell eröffnet haben, ist viel passiert. Auch wenn wir noch keinen einzigen zahlenden Kunden hatten, konnten wir schon jede Menge Ermittlungserfahrung sammeln, denn zufällig stolpern wir von einem Fall zum nächsten. Unser Spürnasentalent haben wir also schon bewiesen, und darauf kommt es doch letztlich an, oder?

Oh, bevor ich das vergesse zu erwähnen: Ich bin wahnsinnig in meinen neuen Freund und ehemaligen Chef, Charles Longfellow, verknallt – auch wenn ich ihm das noch nicht so direkt gesagt habe. Octocat hingegen führt tatsächlich eine Fernbeziehung mit einer ehemaligen Showkatze namens Grizabella, die sich auch als Mini-Influencerin auf Instagram einen Namen gemacht hat. Und er wird nicht müde, ihr und der Welt mitzuteilen, wie sehr er sie liebt. Inzwischen zieht er mich sogar schon damit auf, wie langsam Charles und ich es im Vergleich zu ihm angehen lassen, was echt nervt.

Im Übrigen haben wir kürzlich herausgefunden, dass Grandma eigentlich weder mit mir noch mit meiner Mutter biologisch verwandt ist. Wir arbeiten noch daran, die Geschichte vollständig aufzuklären. Für sie war es all die Jahre auch ein Rätsel, wie das Schicksal uns zusammengebracht hat.

Das Ganze hat jedoch auch einen erfreulichen Nebeneffekt: Dadurch haben wir herausgefunden, dass wir Familie am anderen Ende des Landes, in Larkhaven in Georgia, haben. Ich wollte sie eigentlich letzten Monat besuchen, aber ein Mord auf der Reise dorthin hat unsere Pläne ein wenig durchkreuzt. Stattdessen stand kürzlich überraschend meine Cousine „Mags" vor der Tür, um für ein paar Wochen, bis zum Jahresende, bei uns zu bleiben.

Mags ist der Hammer, und wir haben sie alle schon voll ins Herz geschlossen, wobei ich sie lieber

„Maggie", nenne – Maggie und Angie, das passt doch perfekt. Sie und ich haben so viel gemeinsam und sehen uns so ähnlich, dass ich mich manchmal frage, ob wir nicht eigentlich Zwillinge sind und nicht nur Cousinen.

Sie ist ein paar Jahre älter als ich, und es gibt nichts an ihr, was irgendwie schräg wäre, soweit ich das beurteilen kann. Ihre Familie besitzt ein Kerzengeschäft im historischen Viertel ihrer Stadt, und sie hat versprochen, Grandma und mir beizubringen, wie wir unsere eigenen Kerzen herstellen können, bevor sie wieder nach Hause fährt. Allerdings sind wir bisher noch nicht dazu gekommen, da unser Zeitplan immer ziemlich vollgepackt war.

Zum einen hat Grandma uns mit ihrem Erlebnis-Adventskalender auf Trab gehalten, den sie in einem ihrer Kunstkurse gebastelt hat, und zum anderen ist heute Heiligabend, und wir wollen zum „Christmas Festival" in die Stadt fahren.

Das Festival ist mehr als nur ein großer Weihnachtsmarkt. Es findet dieses Jahr zum zwölften Mal statt und hat in unserer kleinen Stadt Glendale längst Tradition. Die Einwohner aus ganz Blueberry Bay pilgern dorthin, um den gigantischen Weihnachtsbaum im Zentrum und die kunstvollen Eisskulpturen zu bewundern, für die es auch einen Wettbewerb gibt, und um an den vielen kleinen Ständen und in den Geschäften noch ein paar nette Geschenke zu kaufen.

Es gibt dort die tollsten Sachen, von Buden mit heißem Kakao und zahlreichen anderen Leckereien über Zelte, wo gemeinsam Weihnachtslieder aus aller Welt gesungen werden, bis hin zu Signierstunden mit lokalen Autoren.

Diese bunte Mischung ist alle Jahre wieder völlig anders, und das macht das Festival auch so spannend. Ich kann es kaum erwarten, Maggie meine Heimatstadt von ihrer besten Seite zu zeigen, und hoffe, sie wird sie genauso lieben wie ich. Und jetzt geht es los!

* * *

Mit einem Schmatzen betrachtete ich den frisch aufgetragenen Lippenstift in Cranberry-rot – perfekt für die Feiertage. Normalerweise trage ich nur sehr wenig Make-up, da meine Kleidung in der Regel schon für genug Farbe sorgt. Doch in den letzten Wochen hatte Großmutter darauf bestanden, dass ich mir etwas mehr Mühe mit meinem Aussehen gebe. Sie behauptete, in der Vorweihnachtszeit müsse man sich besonders schick machen, aber ich vermutete, dass sie insgeheim hoffte, meine Bemühungen um etwas mehr Glamour würden vielleicht auf meine Cousine abfärben.

Nicht dass sie sich nicht ordentlich kleiden würde, aber sie bevorzugte eine schnörkellose, schlichte Garderobe. Ich wusste, dass sie manchmal eine altmodische Tracht mit weitem Rock und Haube trug, wenn sie im Kerzengeschäft ihrer Familie im historischen Viertel ihrer Stadt arbeitete. Wahrscheinlich hatte sie deshalb keine Lust, sich in ihrer Freizeit noch mehr zu „verkleiden" und lief am liebsten in legeren Klamotten herum, was ich nur verständlich fand.

Maggies charakteristisches Klopfen ertönte an meiner Schlafzimmertür: dreimal kurz, einmal lang, zweimal kurz.

„Herein!", rief ich, wandte mich vom Spiegel ab und ging zur Tür.

Sie trug eine weiße Bluse mit Knopfleiste und einen weißen Rock, dazu weiße, flache Schuhe. Das hellblonde Haar reichte ihr fast bis zur Taille, und so gänzlich ohne Schminke sah sie aus wie ein blasser Engel – oder wie ein Gespenst.

„Kann ich mir heute ein Outfit von dir leihen?", fragte sie mit einem Stirnrunzeln. „Ich befürchte, Grandma wird von meiner Farbwahl nicht so begeistert sein."

Ich lachte. „Mach dir doch darüber keinen Kopf.

Von meinem Look ist Grandma auch oft nicht wirklich angetan. Aber sie liebt uns beide trotzdem."

„Sie meinte, ich könnte mir auch gerne etwas von ihr ausleihen, Angie." Maggie senkte die Stimme und kam noch einen Schritt näher. „Aber in ihrem Schrank ist fast alles schreiend pink!", flüsterte sie.

Wir brachen in Gekicher aus.

„Mal im Ernst, kannst mir mit einem weihnachtlichen Kleid oder so aushelfen?", flehte sie mich mit gefalteten Händen an.

Ich öffnete meinen Schrank und freute mich darüber, dass meine frisch gebackene Cousine und ich uns schon so vertraut waren. Unfassbar, dass wir uns erst seit einer guten Woche kannten! Ich würde sie so sehr vermissen, wenn sie wieder zu Hause in Georgia war.

„Wie wäre es damit?", fragte ich und warf ihr ein mit Weihnachtsmännern bedrucktes Partykleid zu. Ich hatte es zuletzt getragen, als wir mit unseren Haustieren in der Tierhandlung in Dewdrop Springs waren, um uns bei einem kleinen Fotoshooting zusammen mit dem Weihnachtsmann ablichten zu lassen. Es war eines meiner Lieblingskleider, aber es befanden sich noch tonnenweise festliche Sachen in meinem Schrank, die ich dieses Jahr noch nicht einmal hervorgeholt hatte.

Das war das Tolle, wenn man sich den Großteil

seiner Garderobe im Secondhand-Laden besorgte: Alles war so günstig und der Verkaufspreis kam auch noch einem wohltätigen Zweck zugute, sodass ich kein Problem damit hatte, meiner Klamottensucht nachzugeben.

Am heutigen Tag trug ich selbst eine Jeans und dazu den kitschigsten Weihnachtspulli, den ich besaß. An seinem Kragen war ein Gebilde aus riesigen Bommeln befestigt, verbunden durch einen mit Satinband umwickelten Ring, an dem kleine Glöckchen hingen, sodass es beinahe wie ein dreidimensionaler Adventskranz wirkte.

Er war grottenhässlich, aber ich fand ihn trotzdem voll cool.

„Das ist perfekt", sagte Maggie, nachdem sie das Kleid kurz begutachtet hatte.

„Passt gut zu Zöpfen", erwiderte ich.

Sie wurde purpurrot. „Ich denke, das wäre ein bisschen zu viel des Guten für heute."

In dem Augenblick trabte Octocat herein, dicht gefolgt von Paisley.

„Mami, du siehst toll aus!", rief das Chihuahua-Mädchen.

„Eines Tages wird dieser Pullover mir gehören", raunte mein Kater mir zu. „Du kannst mir nicht erzählen, dass er nicht als Katzenspielzeug gedacht ist. Sieh dir doch mal diese drolligen Pompons an!"

Da hatte er natürlich nicht unrecht.

„Mami, darf ich auch mitkommen?", fragte Paisley und wedelte dabei so schnell mit ihrem schwarzen Schwänzchen, dass man dieses kaum noch mit bloßem Auge erkennen konnte.

„Sie kann vor Mags nicht mit uns reden, Dummerchen", brummte Octocat spöttisch.

Meine Cousine lächelte mich an und fragte sich wahrscheinlich, warum ich plötzlich aufgehört hatte, mit ihr zu sprechen, als die Tiere hereinkamen. In Momenten wie diesen fand ich es unglaublich schwer, mein Geheimnis vor ihr zu bewahren, vor allem, weil sie zur Familie gehörte. Doch je weniger Leute davon wussten, desto besser. Und ich war mir nicht sicher, ob sie mir überhaupt glauben würde. Womöglich würde sie mich für verrückt erklären, überstürzt abreisen und es zu Hause in Georgia allen erzählen. Was würden die dann bloß denken? Ich wollte unbedingt vermeiden, dass sie einen schlechten Eindruck von mir bekamen, bevor wir überhaupt die Chance hatten, uns kennenzulernen.

Und meine Cousine würde nur noch eine Woche da sein. So lange sollte ich mein Geheimnis doch noch für mich behalten können. Oder etwa nicht?

Hole dir noch heute dein persönliches Exemplar und fange direkt an zu lesen.

ÜBER MOLLY FITZ

Obwohl USA-Today-Bestsellerautorin Molly Fitz genau genommen nicht mit Tieren sprechen kann, führen sie und ihre drei tierischen Co-Autoren oft tiefgründige und lebhafte Gespräche, während sie den alltäglichen Dingen des Lebens nachgehen.

Molly lebt mit ihrem Kind und ihrem eigenen Privatzoo irgendwo in der Wildnis von Alaska. Gelegentlich wagt sie sich hinaus, um ein exquisites Essen zu genießen, einen guten Kaffee zu trinken oder neue Tierfreunde zu treffen.

Erfahre mehr über Molly und ihre deutschen Veröffentlichungen, indem du dich gleich für ihren Newsletter anmeldest:

www.katzengeheimnisse.com

MISS DOLITTLES GEHEIMNIS

Angie Russo hat sich gerade mit dem ersten sprechenden Katzendetektiv von Blueberry Bay zusammengetan. Gemeinsam mit seiner bunt zusammengewürfelten Schar menschlicher und tierischer Helfer ist Octocat fest entschlossen, jede Situation zu retten – solange sie nicht mit seinem persönlichen Zeitplan kollidiert.

Viel Spaß mit Band 1 – **Kommissar Katerchen**

MERLINS MAGISCHE ABENTEUER

Gracie Springs ist keine Hexe ... ihr Kater hingegen schon. Jetzt muss sie alles in ihrer Macht Stehende tun, um sein Geheimnis zu wahren, oder sie riskiert, den Rest ihres Lebens in einem magischen Gefängnis zu verbringen. Zu dumm, dass sie den Ärger geradezu magnetisch anzuziehen scheint!

Viel Spaß mit Band 1 – **Merlin findet eine Vertraute**

AGENTUR FÜR PARANORMALE ZEITARBEIT

Tawny Bigfords gewöhnlich zu nennendes Leben nimmt eine magische Wendung, als sie über die Leiche ihrer Vermieterin stolpert und von einer sprechenden schwarzen Katze rekrutiert wird, die Rolle der Verstorbenen als offizielle Stadthexe von Beech Grove, Georgia, zu übernehmen.

Viel Spaß mit Band 1 – **Eine Hexe für alle Gelegenheiten**

DAS GEISTERHAFTE GÄSTEHAUS (MIT TRIXIE SILVERTALE)

Sydney Coleman hat alles erreicht – und doch steht sie irgendwann vor dem Nichts. Gerade, als sie ihr neues Bed and Breakfast eröffnen will, stellt sich ihr ein Geistertrio auf Schritt und Tritt in den Weg. Die Geister bestehen darauf, dass sie den Mord an ihrer Herrin aufklärt, aber Sydney braucht dringend Geld. Wenn nicht bald ein paar zahlende Gäste eintreffen, ist ihre Spukvilla dem Untergang geweiht.

Viel Spaß mit Band 1 – *Mörderischer Mondschein*

VERBINDE DICH MIT MOLLY

Wenn du ebenfalls ein großer Fan von spannenden, schrägen Tierkrimis bist, sollten wir unbedingt Freunde werden.

Wie wäre es, wenn du direkt einmal meine Facebook-Seite besuchst, die ich speziell für meine treuen deutschen Leser eingerichtet habe? Hier der Link dazu:

Facebook.com/Katzengeheimnisse

Oder melde dich für meinen Newsletter an und sichere dir als Abonnent gratis ein digitales Geschenkpaket, einschließlich einer exklusiven Kurzgeschichte über Octocat:

Katzengeheimnisse.com/Abonnieren

www.ingramcontent.com/pod-product-compliance
Lightning Source LLC
Chambersburg PA
CBHW050320110726
47899CB00007B/2308